光文社文庫

文庫書下ろし

P町の親子たち

宮口幸治

光　文　社

この作品は光文社文庫のために書下ろされました。

目次

第1話　千尋《ちひろ》のストーリー

蒼田《そうだ》千尋《ちひろ》は夫・亮《りょう》の部屋のドアをそっと開けた。夕食ができたので下から呼んだが、返事がないので様子を見に二階へ上がったのだ。入り口の分厚い木のドアを開くと茶色の暖簾《のれん》が見える。亮は温度調整のためと言うが、単にドアを開けていきなり中を覗《のぞ》かれないためだ。千尋は暖簾の間からひょこっと顔を出して中を見た。

部屋の窓際の壁に沿うように置かれている黒いアイアン製のベッドフレーム。亮がいくつも家具屋を見て回って探したものだ。

千尋は亮の部屋を見わたした。相変わらずきちんと整理されている。奥には部屋の入り口を向いて座るように机が置かれている。まるで重役室のようだ。しかも机はこだわって買った天然木のもの。机の上にはパソコンモニターが二つとノートパソコンが置かれていた。単に会社の仕事を持ち帰ってやっているだけなのに、本人はデイトレーダー気取りだ。

亮は、ベッドのヘッドボードを背にして目を閉じたまま身体《からだ》を動かさずにいたが、掛布団の上に座っているので、中央だけが大きく沈んでいた。フレームの色はもう薄く剝げかけていたが、マットレスは憧れのシモンズに最近買い替えたばかりで掛布団の上からも弾力が感じ取れる。それにしても亮は布団を大切にしない。

P町に一軒家を建てて五年ほど経った。二階建てで亮の実家からは車で二十分のところにある。マンションでもよかったが修繕積立金・管理費で月三万円、駐車場代が月極で二万円もかかることを考えると、やはり一軒家がいいだろうとなった。購入資金は亮の母・栄子《えいこ》から少し援助してもらったものの、大半は夫婦でコツコツと貯めた五百万円の頭金と三十年ローンを組んで用意したものだ。まだ変動金利ローンが二十五年残っている。家を建てるに当たって亮の唯一の注文は少し広めの自分だけの書斎兼寝室を持つことであった。千尋は当初、亮が一人で部屋にこもってしまうのではとあまり乗り気ではなかったが、今ではその方がよかったと思っている。間取りは一階にリビングとキッチン、四畳半の和室、二階に三部屋の4LDKで、子どもは康太《こうた》一人なので、千尋にも自分だけの寝室ができたからだ。

亮を部屋の入り口から遠目に眺めてみると、結婚当初は顎《あご》のラインはシャープで肌も艶々《つやつや》していたが、今は違う。頬は髭《ひげ》の剃り跡で黒く染まり、顔を下に向けているので顎と首の間にぷっくりと膨らみもある。二重顎だ。年を取るにつれ色んなところが緩んでくる。亮のお腹《なか》の輪郭も楕円形《だえんけい》から円形に近づいていた。

まだ目を開けない亮との距離を少しずつ詰めながら千尋はベッドに近づいていった。フローリングの床がキリキリと静かな音を立てる。今年三十九歳になる亮は、身長百七十七センチと上背があり、もうかなり太目の体格だが、髪もいつも短めにしているので見方によってはラグビー選手のように見えなくもない。大学時代にはボート部に所属し、足腰を鍛えていたこともあり、若いときは特に下半身が引き締まっていた。そのずっしり質感のある肢体のせいでせっかくの羽毛布団は真ん中がきれいに潰れていた。千尋は掛布団の上で寝ないように事あるごとに注意していたが、亮は一向に守らなかった。亮の胸元には両手で大切に抱えこまれた愛用のタブレットが斜めに立っている。死んでいるのではと思ったくらい動かない。しかしよく見るとタブレットが呼吸に合わせ前後に規則正しく動いている。

今日は日曜日。久々に午後から地域の集会があり「嫌だけど少しでも親交を深めることができたら」と出かけていったのだが、思いのほか疲れ切ったようで、夕方に帰ってくるとすぐに自室に閉じこもってしまった。ウトウトしてそのまま眠ってしまったのだろう。眠りは深そうだ。

「亮さん……」

起こさないように千尋はわざと小さく声をかけた。そして音を立てず近づき、亮の背中の方に回ると、タブレットの画面に目を向けた。画面は明るいままだ。すると〝大人の危険な遊びスポット100〟という黒色のギザギザした文字が千尋の目に飛び込んできた。

千尋は後ずさりでふたたび部屋の入り口までもどると、ゆっくりと静かにため息をついた。これが自分の夫か。いったい何を欲しているのか。グラビア女性の写真だった方がまだよかった。最近、溜《た》まっていた胸のモヤモヤがさらに膨らむ。

千尋はちょうど今、亮の部屋のドアの前に着いたかのように再び声をかけた。今度は少し大きめの声だ。

「亮さん、ご飯できたよ」

亮は肩をビクッとさせ顎を上げた。千尋はそのままロボットのように足首から先だけで回転して背を向けた。

「あ、びっくりした。分かった。すぐに行くよ」

亮はタブレットのカバーを丁寧に閉めると、そっと枕の上に置いてベッドからゆっくりと立ち上がった。

千尋は今三十七歳である。地元P町の高校を卒業した後、隣町の経理の専門学校に進み、二十歳のときに印鑑を扱うハンコのチェーン店に就職した。ハンコ屋に就職したのは高校生のときからそこでアルバイトをしていたからだ。千尋の母・明美《あけみ》は千尋が小学四年生のときに離婚した。それから母子家庭となり、元夫からの養育費の振り込みはあったが生活は厳しかった。千尋には祖母・弘《ひろ》子《こ》がいたが認知症の症状があったため、その世話もあり、明美はパートでの仕事にしかつけなかったのだ。それもあって千尋はアルバイトで家計を助けていた。

会社側からも千尋の家庭事情を特別に考慮してもらい、そのままP町のショッピングモール内にある店舗の正社員となった。P町は人口約四万人と町にしてはやや大きめで町内を私鉄電車が二本走っている。町の方針として福祉と教育を充実させてきたこともあり、近年、新しいマンションが次々に建設され、子育て世代も多く住むようになってきた。ここで千尋は生まれ育った。

千尋は、顔つきに華やかさはなかったが、左の口元に黒子《ほくろ》があり、それが色気のアクセントとなっていた。この手の顔が好きな男性は少なからずいるだろう。

二歳年上の亮は一浪して地元の旧帝国大の工学部に入学した。工学部では大学院に進む者の方が多いが、亮は少しでも早く社会に出たかったそうで、大学を卒業すると大阪のある中堅の土木建設会社に就職した。卒論は地質調査に関するものだったが、会社では主に都市部の河川関係の仕事に携わっている。

二人の出会いは、亮が就職を機に実印を作るため、千尋の勤めるハンコ屋を何度か訪れたことがきっかけだ。千尋はそのときの光景をまるで昨日のできごとのようにいつでも思い出せる。


正社員になってからまだ一年ほどで二十一歳だった千尋は、すべての客に丁寧に接客していたが、亮は、客としてこのハンコ屋を訪れた際、千尋に、自分に接客しているときにだけ見せる笑顔としぐさがあると誤解した。まだ二十三歳、就職したばかりで自信がもてず何かと虚勢を張りがちだった亮にとって、千尋は自分を受容してくれる唯一無二の存在だと感じたのだ。それはすぐに恋心につながった。そして注文した印鑑を受け取ったとき、千尋の手が亮の手に軽く当たった。それで亮は脈があると感じ取ったらしい。どちらにするか迷ったときはとにかくやってみるというのが亮の信念だ。その二日後、少し蒸し暑くなった五月のある週末の夕方、千尋のハンコ屋に亮は現れた。

固い表情で亮が店に近づいてきたとき、千尋は、二日前に渡した印鑑になにか不具合でもあってクレームをつけにきたのかもしれないと不安になり、いつもの挨拶を少し変えてみた。

「あら、こんにちは。この前は有難うございました」

その気安い挨拶が亮に新たな着想を与えてしまったようだ。周りに客のいないことを確かめると亮は詰まりながら言葉を発した。

「お、お仕事終わった後、よ、よかったら食事でもいかがですか？」

「え？」

千尋は声をあげると、首をかしげ視線を亮に向けた。日焼けしていて笑うと白い八重歯が目立ち、可愛《かわい》らしく見える亮に悪い印象はない。でも千尋にとってはただの客の一人に過ぎない。千尋は思った。

（変な客かしら。こんなハンコ屋で誘うなんて）

亮はこう続けてきた。

「すみません。前から素敵な人だなって思って。それでお誘いしました」

接客用の顔に少し戸惑いが入ったままの千尋であったが、内心はその場で飛び上がりたいくらい嬉《うれ》しかった。変な客、は撤回だ。高校の頃はそれなりに告白されたりもしていたが、それからはこういった誘いを受けたことは一度もない。じっと亮の全身を見直してみると、がっしりとした体つきで立っている姿も悪くない。顔つきはまだ幼く頼りないが整っている。

（悪くはないかも）

千尋はそのとき本気で品定めしている自分に気が付いた。しかしどんな人かも素性も知らない。そう簡単に承諾するとこの男は調子に乗るかもしれない。第一これはナンパだ。軽い女だと思われたくない。特に予定はなかったが千尋はこの男を少し試したくなった。もしこれで諦めるようならこちらから願い下げだ。小さな声で答えた。

「私、今日は用事がありますので」

すると亮の頬が一瞬で赤く染まり、そして消沈した。

「そうですか。それは仕方ないですね」

千尋よりさらに小さな声でつぶやいた。亮は下を向いたが、千尋は笑顔を保ちつつも亮の次の出かたを待った。亮はボソボソと続けた。

「では明日とか明後日は？」

体格に似合わず独り言のような、か細い声だ。その場から逃げてしまいそうにも見えた。もしこれで断ったらもう彼は諦め、このハンコ屋には二度と来ないだろう。でもそれでもいい。千尋はもう一度だけ試すことにした。

「明日も用事が……」

これで彼も二度と来ないだろう。でも結果は違った。か細い声に変わりはなかったが亮は粘ったのだ。

「では明後日は？」

「少しだけなら」

「よかった。では明後日十八時に四階レストランフロアの入り口でいい？」

先ほどの小さな声は誰だったのか分からなくなるほど、急に亮の声は大きくなった。そして体全体を左右に揺らし始めたがそれが彼なりの嬉しさの表現であることが後になって分かった。

「はい。分かりました。でも私はあなたが思っているような女性ではありませんよ」

「だとしても気にしません」

千尋はわざと謙遜しておいたが、亮の声は大きくなったのでどうやら額面通りに受け取っていたようだ。

二日後、二人にとって初めてのデートはショッピングモールのレストランという千尋にとっては代わり映えしない場所となったが、最初から、二人でいると意外と楽しいというのは千尋にとって喜ばしい誤算であった。千尋は二人になるとよく話す方であったが、亮はそれを遮《さえぎ》ることなくゆっくりと、ときに相槌《あいづち》を打ちながら聞いてくれた。その後も、次の約束をしては二人は場所を変えて会い続け、三年間の交際を経た後、結婚した。千尋が二十四歳、亮は二十六歳のときであった。

しかし、千尋には亮との結婚に際し、懸念が二つあった。一つは、亮は話すときに視線を合わせない。最初照れているからかと思っていたがどうもそうではないようだ。でもそれ以外は優しく仕事も真面目だったのでそのときはそこまで気にはならなかった。もう一つは亮の母・栄子が、二人の結婚に反対まではしなかったものの、千尋が専門学校卒であることをあまり快く思っていないことだ。亮の父は亮が就職した翌年に急性心筋梗塞のため六十二歳で亡くなっていたので、亮は、結婚については栄子だけに事前に相談した。そのとき栄子は一度だけ亮にこう訊《たず》ねたらしい。

「ほんとにあの子でいいの？　あなただったらもっといい条件の子もいるわよ」

「いや。僕は彼女がいいんだ」

亮は即答したので、栄子は、それ以上は口を挟まなくなったが、親族はきっと千尋の学歴を聞いてくるに違いない。息子を旧帝大まで出したことが自慢だった栄子にとっては、それが少し残念であった。

結婚後、二人はＰ町に２ＬＤＫのマンションを借り、千尋は二十四年間、亮は二十六年間生活していた実家を離れた。仕事はそれぞれ続けたが、千尋のハンコ屋は土日の勤務が外せず二人の休日は合わなかった。平日は、亮の帰りが遅く、ほぼ定時に帰宅できる千尋がいつも夕食を準備した。千尋は子どもの頃から家事をするのには慣れていたので苦痛ではなかったが、千尋に勤務日の土日までご飯を作ってもらうのは気が引けると、亮はよく実家にご飯を食べに戻った。

結婚して二年が過ぎた頃、二人の間に長男、康太が生まれた。積極的に妊活をしたわけではないが、二人が亮の実家に帰ると栄子から「近所の……さんのところにお孫さんができてね」といった話がよく出ていたので、栄子にとっては待ち望んでいた孫だ。妊娠を機に千尋はハンコ屋の仕事を辞め、出産と育児に専念することにした。

それから約十年。第二子も希望したがそれは叶《かな》わないままだ。康太は今、小学四年生で、この春から五年生になる。康太の通う泉庄《いずみのしょう》小学校は、自宅から子どもの足で徒歩十分のところにある。康太は亮に似て同級生と比べ身体は大きかったが運動は得意ではなく、テストの点も昔からよくなかったのと、家ではよく喋《しゃべ》るが学校では大人しい方だったので、クラスではあまり目立たない存在だ。

亮の実家は電車と徒歩で三十分程なので、栄子は何かと理由をつけては康太の顔を見に来た。夫を亡くし一人暮らしの栄子ももう七十歳になり、外出の機会も少なく、康太に会うのが数少ない楽しみの一つだ。栄子は実際には夢は叶わなかったが、二十代の頃にはキャビンアテンダントを目指していたこともあり、七十歳にしては背も高く、今でも背筋が伸びたまま颯爽《さつそう》と歩く。後ろ姿だけを見ると四十代に間違われることもあるほどであった。

そんな若々しい栄子は千尋にとっても誇らしかったものの、家に来たときには決まって康太の勉強のことを聞いてくる。千尋にとっては実はそれが一番の苦痛になっていた。

「康太ちゃんは五年生になるからそろそろ勉強が大変になってくるわね」

「はい、お母さん。五年になると急に難しくなりますから。計算や漢字ができても、それだけじゃついていけません」

千尋は康太の教育はしっかりやっていると栄子の前で大袈裟《おおげさ》に示した。自分が大学を出ていないことを理由に栄子が結婚にあまり賛成していなかったからであった。栄子が勉強の話をし始めるとあのときの不快な気持ちが再現されてしまうのだ。

康太の出産に亮は立ち会った。出産はP町の個人開業の産婦人科医院を選んだ。一人目にしては安産であったものの千尋はヘトヘトになった。赤子は少し黄疸《おうだん》が見られたので光線療法を受けるためすぐに保育器に移り、部屋には千尋と亮だけが残った。

「あんな風に押すんだね」

赤子がなかなか出なかったので看護師が千尋のお腹の上方に上がって、お腹を押したのだ。クリステレル胎児圧出法と呼ばれているが初めて見ると誰もがギョッとするだろう。

「つらかったわ。お腹を押されるとき地面に吸い込まれそうになったの」

「ええ、そんな感じだったのか。僕も驚いたよ。外来があるから急いでいたのかな」

「だったらひどいわね」

「きっともう慣れてるんだろうね」

実際にクリステレル胎児圧出法で子宮破裂や胎児に障害が残ったりする事故も起きているので、ただただ無事に生まれたことに二人は安堵《あんど》した。

「こういうときって、勉強はできなくてもいいから優しい子に育ってほしいって思うんだよね」

「ほんとそうだわ」

「うん。あ……でもやっぱり勉強はできた方がいいんじゃない？」

「今、そんなこと言うのは止《や》めて」

亮が空気を読めないことにはもう慣れていたので、千尋は苦笑しながら流した。しかしそのときの亮は少し気分が高揚していた。

「母さんも言ってたんだけど、やはり大学くらいは出てないとね」

「え」

「あ、千尋のことじゃないから気にしなくていいよ」

亮はさすがに余計なことを言ったと気づいたようだったがすでに遅かった。千尋は自分の目の周りがぴくぴくと小さく痙攣《けいれん》しているのが分かった。栄子はやはり千尋が大学を出ていないことを快く思っていないのだ。

千尋が康太の成長度合いについて、特に栄子の目を気にするようになったのはそれがきっかけだ。一歳を過ぎてもまだ喃語《なんご》しか出なかったときは、育児書やインターネットで何度も調べた。意味のある言葉は早い子なら十か月くらいからで、だいたい一歳半くらいまでには出るという。万が一、遅れがあったらどうしよう。そう思うたびに栄子の顔が浮かび千尋の顔は歪《ゆが》んだ。自分のせいにされるかもしれない。

「ねえ、亮さん、康太の言葉がまだ出ないから心配だわ」

千尋は亮にたびたび不安を吐露した。でも亮はおかまいなしだ。

「僕も言葉が出るのが遅かったみたいで母さんも心配したみたいだけどね。だから気にしなくても大丈夫だよ」

亮ほど勉強ができても言葉が遅かったのだ。千尋はそう思うことで不安を抑えようとしたが、一歳六か月児健診で保健所に集まった他の子どもがうるさいくらいに言葉を発しているのを見て、さすがにそうはいかなくなった。健診では医師からもう少し様子をみましょうと言われたものの、千尋は発語を促《うなが》そうと康太に必死に話しかけた。結局、康太の「まんま」が出たのは二歳になる直前だった。

それから千尋の焦りはいっそう加速した。康太の発達を促すため雑誌で紹介されていた知育玩具を幾つも購入し遊ばせたし、幼稚園に入ると知能教育教室の説明会に康太を連れていった。

「小学校受験を考えておられるなら四歳ではもう遅いくらいですよ！」

説明会で眼鏡をかけた年配の女性担当者からそう言われると、小学校受験までは考えていなかったが、受験も念頭に入れ千尋は意地になった。結果的に二年間で一回も休まず康太を教室に通わせたのだ。

ところが康太は、提供された課題を千尋が期待するほどはできなかった。でもまったくできない訳でもない。気を遣った女性担当者はこう繰り返してくれた。

「すぐにできるようになりますよ。信じてあげてください」

しかしあまり教室に来ていない年下の子がスラスラできる課題でも康太ができないことが分かってくると、さすがにその担当者の声かけも減り、ついには千尋と会っても目を合わせないようになっていったのだ。

「ねえ、亮さん、康太は年下の子ができる問題ができないの。固まってしまって」

母親である千尋の一番の関心は康太の成長のことだ。毎晩のように千尋は亮に相談した。しかし、千尋の心配をよそに亮は、まだ早すぎるといっていつも真剣に考えようとしなかった。康太のように就学前で、遅れの有無がはっきりしない段階では、そこまで気にかけない親も少なくはない。加えて、第一子の場合は他のきょうだいと比較できないので尚更そうである。その後、話がうやむやになり、結局、康太の小学校受験はなくなった。

康太が小学校に入学すると千尋は学習塾を探し始めた。小学校受験をさせてあげられなかったことを負い目に感じていたからでもあった。でも亮は、小学一年生にはまだ早い、それよりもいっぱい遊ばせるべきだ、と反対した。

「塾なんて中学生からでよくない？」

「授業についていけなかったらどうするの？」

「大丈夫だよ。何とかなるよ」

亮の無責任さを感じ千尋はかっとなった。

「あなたはいつも他人事《ひとごと》ね」

「一応、父親だけど？」

「こんなときだけ父親って」

亮はぷいと横を向くと千尋がいないかのようにスマホを触り始めた。

「まだ話の途中よ」

「あれ、そうだったの？　終わったと思ってた」

悪気なく答える亮に千尋はこの頃、あることを感じ始めていた。沢山の書籍で康太の発達について勉強する中で、発達障害という疾患があることを知り、亮が発達障害ではないかと千尋は疑い始めたのだ。きっかけは康太の入学式のときのことだ。入学式には夫婦二人で行く予定で式の始まる十分前には学校に着いておこうと前の晩に話し合っていた。ところが直前になって亮が緊張からかお腹を壊してしまい、出発が十五分遅れてしまったのだ。少しでも早く学校に着くために近道をしたい千尋だったが、亮はいつもの道を通ると言い張って決して近道をしようとしなかった。そのせいで入学式に少し遅れてしまった。

「この人の融通が利かないのは発達障害のせいかも」

亮の不可解な行動の理由がストンと腑に落ちた。そう理解し始めると結婚してからこれまで亮に対して気になっていたことが一気に脳裏を駆け巡った。走馬灯のようにというのはまさにこのことか。千尋は思わず声を上げた。

「そうか。これが『こだわり』なのかもしれない」

発達障害のうち自閉スペクトラム症には、「こだわり」という症状がある。亮はルールや習慣の突然の変更がとても苦手だ。確かに道順も決して変えないし、朝食に用意する目玉焼きは両面を固く焼くことにこだわる。少しでも半熟なら一切口にしない。親友と呼べるような仲の良い友人も昔からいない。

配偶者が発達障害である場合、コミュニケーションが上手く取れず、大きなストレスとなる。そして不安が高まって、抑うつ症状などを呈するカサンドラ症候群というものになることもある。そういえば最近、亮のちょっとした言動で感情的になってしまうことも増えてきた。亮は私をカサンドラ症候群にしているのではないか。亮と穏やかに話せないのはそのせいだ、と千尋は感じ始めていたのだ。

それまでは喧嘩《けんか》など滅多にしなかったが、康太が小学校に入ると教育方針を巡って喧嘩も増えていった。亮の根拠のない放任ぶりが千尋には許せなかった。亮の言い分は、親から勉強を強いられ、いい大学には入れたので感謝はしているが、本当は勉強などせずもっと青春を謳歌《おうか》したかったらしい。だから康太には勉強を強要したくはないという。しかし亮は希望の大学に入れたかもしれないが、亮と康太は別だ。

しかも千尋の育った環境は複雑だ。祖母の世話で勉強をしたくてもできず、大学も経済的に余裕がなく諦めて就職したのだ。苦労せずに大学に行かせてもらった亮とは根本的に考えが違う。

その後も喧嘩をまじえながら話し合った結果、一年生の間は様子をみることにした。でも二年生が近づくにつれ、やはり周りと比べると康太はどうも理解が遅れているようであった。そこで亮もしぶしぶ同意して、二年生からP町の摂山《せつやま》駅の近くにある地元で面倒見がよいと評判の立秀館《りつしゆうかん》塾に通うことになった。

康太が小学四年生となり、五年生まであと二か月となった冬である。

「いってきまーす」

康太は、朝はいつも元気な声を出して小学校に向かった。康太は学校が好きだった。亮はときどき康太に訊ねた。

「学校は楽しい？」

「うん、楽しい」

「ほんとに嫌なことは何もないの？」

「うん、何もないよ」

「意地悪してくる子もいない？」

「うん、みんなやさしいよ」

「そっか。変わってるね。学校が楽しいなんて。お父さんは大嫌いだったけどね」

学校が地獄だった亮には康太の気持ちは分からないようだ。傍《そば》で聞いていた千尋はヒヤヒヤしながらよく遮った。

「楽しいっていうからいいじゃない。ねー、康太」

子どもの前で学校を否定するようなことを親が言うのは、子どもが学校に行かなくてもいい口実を与えてしまう。ここは亮の発言を止めておく必要があった。でも実は千尋としても、口にこそ出さないが、自分の小学校時代を振り返ってみても楽しいと思ったことはなかったので、亮と同じく、康太が本当に楽しいと感じているか疑問だ。康太はみんなから対等に扱われていないのではないかということも心配だ。楽しいというのはある意味、葛藤がないことを意味する。通常、小学校高学年にもなると色んな悩みも生じてきて、楽しいことばかりではないはずだ。そこまで精神年齢が到達していないのかもしれない。

結局、小学二年から三年近く通ってきた立秀館塾でもなんら成果は出ず、学校のテストの点はいつも芳《かんば》しくなかった。立秀館塾では多くの宿題が出されたため千尋は毎晩つきっきりで見ていたが、康太はほとんどできなかった。千尋の横で寝てしまうこともある。周りの子は普通に楽しそうに学校へ行って勉強もできている。どうして康太だけができないのか。栄子にも会うたびに「あの子は、きっとやったらできるはずよ」と言われた。その「やったら」が康太にはできないのだ。

千尋の焦りは募っていくばかりだ。そして孤独だった。亮は、康太の勉強にはそもそも無関心な父親だと千尋にはずっと映っている。ある晩、康太が寝て静かになったリビングに千尋は亮といた。

「立秀館塾の先生がこれからは非認知能力が大切だって言っていたわ」

「非認知能力？　何それ？」

やはりそんなものか。亮の反応を冷ややかに受け取ると説明を続けた。

「ＩＱとか数値で測れない能力だって」

「じゃあ、伸びたかどうかはどうやって判断するの？」

「え？」

想定外の質問をされ、受け売りだったことがバレないように千尋は開き直った。

「とにかく大事なの」

「どう大事なの？　どんな能力かもよく分からないし。塾が言うことが正しいとは限らないよ」

この人はどうして感情を逆なですることばかり言うのだろう。素直に聞いてくれればいいのに。でも正論だけに千尋は言い返せず黙りこくり、そのまま亮を置いて二階の自分の寝室に上がった。お互いの寝室を分けていて本当によかった。一人になれる場所がある。亮も悪いが、すぐにいらついてしまう自分もよくない。千尋もこのままではまずいと思いながらも亮を受容できるだけの余裕がない。いつも悲しそうな視線だけを送ってくる亮には理由は分からないだろう。でもこのままだとこの家の居心地も悪くなる一方だと千尋は思っていた。

千尋に余裕のない理由は他にもあった。今度三月に立秀館塾であるクラス分けテストのことだ。小五から生徒数が増え、特進、標準の二クラスに分けられるのだ。千尋としては何が何でも特進クラスに合格してほしかった。康太はやればできることを栄子にも示したかったのだ。

でも千尋がそこまで特進クラスにこだわるのは栄子のことに加え、小学三年生になってから立秀館塾に通い出した同学年の芦高穂香《あしだかほのか》とその母の舞子《まいこ》の存在も大きかった。穂香の自宅は、康太とは校区が違い立秀館塾からは少し距離があったが、母の舞子は落ち着きがない穂香のことが気になっていて、遠方でも面倒見のよい塾に通わせ始めたのだ。

三歳年上の舞子は可愛らしい声で笑い女性らしさを前面に出すタイプで、千尋は当初、苦手に感じたが、根は悪そうには見えなかった。立秀館塾では他の保護者とはほとんど話さなかった千尋だったが、舞子とは同じ専業主婦で子どもも同学年なので気が合って話すようになり、今ではお互いの夫の愚痴も言い合える仲だ。舞子の夫は舞子より三歳年下で千尋と同じ年だが、その頼りなさをよく聞かされた。千尋も亮のデリカシーのなさを舞子に話し、同情し合うことでストレスを発散した。

二人は子どもを学校に送り出した後、ときどき約束して近くのレストランにランチに行った。そのときは舞子が千尋の家まで車で迎えに来てくれて、一緒にレストランまで向かう。よく行ったのはベーカリーが経営しているレストランだ。外観はコンクリートの打ちっ放しで上質感があり、店内はテーブルがゆったりと配置されているので落ち着ける。さらに値段も手ごろだったので主婦たちには人気があった。

その日もレストランに着くと舞子が堰《せき》を切ったように話し出した。

「うちの夫ね、休みの日、家でずっとゲームしていて困るわ。穂香もゲームしたがって全然勉強しなくて」

「それだったらうちの夫も同じ。一人で部屋にこもってタブレットばかり見てるの」

「男ってどうしてあんなに幼稚なのかしらね。それで子どもに勉強しなさいって言っても無理よね」

千尋は大きく頷《うなず》いた。舞子も気をよくして夫の愚痴を続けた。

「あの人ね、自分が死んだらどうする？　って聞いてくるの。私の方が三つ年上だから私の方が先に死ぬかもよって言ったらね……」

「うんうん」

千尋はコップの水で口の渇きを潤して続きを待った。

「そしたら、生命保険の証書はどこに置いてるの？　って。真面目な顔をして」

「へー。びっくりね」

千尋は、亮はそこまでではないかなとも思ったが、でも聞いてみないと分からない。案外同じことを言うかもしれない。いや、亮ならきっとそう言うに違いない。

千尋と舞子はランチを食べ終わっても珈琲《コーヒー》をお替わりして長い間お喋りをして過ごしたが、千尋にとってリラックスできる大切な時間でもあった。

「ここの珈琲は美味しいわね。何杯でもお替わりしたくなっちゃう」

この店の重厚で深みのある珈琲も人気だ。二人ともももちろん砂糖抜きのブラック。千尋は酸味よりコクが好きで舞子とも好みが合った。

「最近、珈琲はブラックしか飲まなくなったけど、心が刺激を欲しているのかも」

舞子はそう言うとカップに三分の一ほど残っていた珈琲を一気に飲み干してまたお替わりを注文した。舞子は激しい面もあるが、濃い珈琲が苦手でいつもミルクを入れて飲む亮よりも親近感がもてる。

しかし少し舞子と距離を感じることもある。

舞子の自宅はマンションだったが持ち家だ。同じマンションの違う階に夫の両親も住んでいて資金をほとんど出してもらったようでローンもない。舞子の夫は地元の小規模な電子機器メーカーに勤めているようなので経済面では似たようなものだと思っていたが、舞子の服やアクセサリーはブランドものが多かった。毎月八万円の住宅ローンを払っている千尋たちにはブランドものを買えるほどの余裕はない。

(いいわね。親にマンションを買ってもらって。みんな少ない給与で頑張ってるのに。うちはまだローンが二十五年もある。このレストランもうちにとってはそこまで安くないし)

千尋と舞子の距離がさらに開き始めたのは三月にある立秀館塾のクラス分けの話があってからである。ある日のランチの場で舞子は千尋に聞いた。

「今度、塾のクラス分けのテストがあるわよね」

「そうそう、康太は上のクラスに行けるかな」

「でも特進クラスはついていくの大変そうだから、うちは標準クラスでいいわ」

「そんなこと言ってたら標準クラスもついていけなくなるわよ」

千尋はハッとして、そう言ったことを後悔した。舞子と話していると、穂香には気にするほどの発達の遅れなんてないのでは、と感じるようになっていたからだ。穂香は、口達者で年齢よりもませているし友だちも多かった。好きな芸能人については長々と話せている。それに比べ康太は友だちの会話についていけないし、うんうんとただ頷いているだけなのだ。芸能人の名前もほとんど知らない。そして仲のいい友だちもいなかった。

「そうよね。じゃあ穂香に頑張るように言う」

「うん……」

千尋の表情が曇ったが、舞子は気づかなかった。

「そうそう、それと塾の石渡《いしわたり》先生がね。この前、クラス分けのテストは、ここから出るからって言ってたの、何だか覚えてる？」

千尋はもちろん知っていたが、知らないふりをした。

「ああ。そういえば言ってたような気がする。でもはっきりと覚えてないわ。普段の勉強を頑張ってたら大丈夫じゃない？」

「そうよね」

舞子は表情を緩めたが、千尋の心の奥ではどんよりとしたものがゆっくりと流れていた。当然ながら千尋は石渡が言っていたことをしっかり覚えている。忘れるはずがない。すでに康太には、そこを重点的に復習させていたのだ。万が一、康太が落ちて、穂香だけが特進クラスに進んだら。そうなると、もう舞子とは普通に話せないだろう。そんなことでせっかく知り合った仲が駄目になってほしくない。

その日は用事があると嘘をついて千尋は店から早めに出るよう舞子を促した。家に戻って、石渡が話していた出題箇所を再度確認したかったのだ。子どもの頃から祖母の世話をさせられていた千尋は、自分は親ガチャはずれだと思っていた。自分はずるいと分かりながらも、したたかな生き方が身についていたのかもしれない。

＊＊＊＊

「じゃあ千尋、おばあちゃんのこと頼んだわね」

千尋の後ろで祖母の弘子が独り言を言っていた。千尋の母・明美は、朝早くから近くの食品工場へパートに出かける際にはいつも口癖のように言った。小学校高学年の頃から夏休みは、朝からずっと弘子と二人で過ごすのが千尋の日課だった。千尋の夏休みは明美にとっては稼ぎ時だ。千尋の学校があるときは、デイサービスに送迎しながらなんとか弘子の面倒をみていたが、夏休みは千尋に弘子をみていてもらえるので思う存分パートを入れられるのだ。それからというもの千尋は夏休みが大嫌いになった。

食事は明美が用意したが、会話にならない弘子と朝から二人きりだ。弘子は徘徊《はいかい》や粗暴行為こそなかったが、食事の際は机を汚し、トイレでは便器を汚す。友だちと遊ぶ約束も好きにできず、千尋は家に閉じこもるようになった。そしてひたすら早く夏休みが終わることを願った。中学に入ってもそんな状況は変わらず、入りたかった吹奏楽部にも入れず、塾の夏期講習もほとんど行けなかった。高校進学にあたっては、とにかく県立で家から近いところを選ぶしかなかったが、それでも何とかそれなりの進学校に進んだ。

千尋が高校二年のとき、弘子がグループホームに入所することになり、やっと世話から解放されたが、今度は生活を支えるためハンコ屋でのアルバイトを始めなければならなかった。高校三年になって将来の進路を決める際、周りが有名大学を志望する中、すでに勉強への意欲はなくなっていた。でも千尋は迷った。これまでずっと我慢してきた分、大学に行って好きなことをしてみたい。一方で、何の苦労もなく大学に入り毎日遊んでばかりいる連中を見ていると腹が立ってくる。あんな人たちとは一緒にやっていけない。それに千尋の学力では学費の高い私立に行くしかなく、奨学金という借金を背負うのにも抵抗がある。色々と考えた挙句、千尋は決心を固め、明美に伝えた。

「私、高校卒業したら専門学校に行って、早く働きたい」

「え、大学には行かないの？」

「うん。少しでも早く社会に出てみたいの。それに大学生って何かつまらなそう」

「本当にいいの？」

「いいよ。もう決めたから」

明美は、本当はせめて大学には行って欲しかったものの、今の経済状況を考えるとそれ以上は何も言えなくなった。

千尋は高校卒業後、経理の専門学校に進むこととなった。

＊＊＊＊

亮は大阪市内にある土木建設会社の技術職に就き、社内では主に河川関係の設備部門を担当していた。技術職は、大きく設計部門、建設技術部門、設備部門に分かれている。設計部門は自治体の土木部などの施主と協議しながら一から構造物を設計し、建設技術部門は現場で施工の監督にあたる。亮の所属する設備部門は、それ以外の全てを担当する何でも屋的な仕事である。構造物の建設が終わった後も継続的に電気系統の点検や老朽化対策などのメンテナンス、補修工事などを行う。亮は近畿地区の河川機械設備を二名体制で担っていたが、その一人が年末に異動となり、年明けに博多《はかた》支社から新しい担当の川北《かわきた》が異動してきた。会社の始業時間が十時からと遅めで、亮はいつも八時半頃に起きれば十分間に合う。でも残業が当たり前で、帰りは遅いことが多い。

その日は、亮はいつものように残業して帰り、二十二時過ぎに自宅の玄関のチャイムを押した。

「おかえりなさい」

「ただいま」

「お疲れ様。今日も遅かったのね」

「うん、年度末が近いのでね」

亮の顔は疲れで青黒く淀《よど》んでいた。

「ご飯は食べたんでしょ？　お茶でも飲む？」

「うん、有難う。康太はもう寝たよね」

「今日は疲れたって早く寝たわ」

千尋は親戚からもらった和菓子の箱をテーブルに運び、緑茶の準備にかかった。しばらくすると香ばしい匂いが漂ってきた。心の緊張が解けるようだ。亮は熱い緑茶を一口含むとゆっくりと息を吐いた。そして心に溜まっていたことを話し始めた。

「今日、客先を回ってから会社に戻ったんだけどね。そしたら年明けから新しく異動してきた奴が会社にいてね。そいつはいつも、〝僕は残業しません〟って、時間がきたらすぐに帰ってしまうくせにさ」

「うん」

千尋は視線を和菓子の箱に向け聞いている。亮は和菓子には目を向けず続けた。

「でもそいつ、飲み会になると最後までいるんだよ。他の課の飲み会にも参加してるみたいでさ。それで」

亮はちらっと千尋を見たが、千尋は和菓子の箱の包装紙を丁寧にはがしていた。亮は続けた。

「それで今日はそいつが珍しくパソコンに向かって、必死にカチャカチャやっているの。あいつ、心を入れ替えたのかなと思ってこっそりと見たら、来月の社内のゴルフコンペの資料を必死に作っててね。何か複雑だよ」

千尋が和菓子の箱を開けると、五種類の和菓子が入っていた。白い和紙で包まれた一つの菓子にターゲットを絞ると指を伸ばしすっと取り上げ、菓子の上端を捻《ね》じるように綴《と》じられていた包み紙をゆっくりと開くと、中には、表面が薄い砂糖の膜で覆われた大きな栗が入っていた。千尋は栗が大好きだ。親指と人差し指で栗を挟み口に運ぶと、半分だけ齧《かじ》った。上品な香りが口から鼻に抜ける。ゆっくり数回噛《か》むと栗の深い甘みが千尋の口の中に広がってくる。舌の両端までその深みが広がると千尋は熱い緑茶を飲みたくなり、湯飲みに手を伸ばした。この菓子はいい栗を使っている。

「ねえ、聞いてる？」

菓子に夢中すぎる千尋に亮は苛立《いらだ》った。

「うん。大変だね」

「何が大変？」

「え……ごめん。聞いてなかった。これ美味しいわよ。食べてみたら？」

亮は両耳を拳でギューっと押さえると一分くらいであろうか、ブツブツ独り言を放ちながらブルブルと震え続けた。突然、目を見開くと、箱の中で一番大きな菓子を乱暴に取り出し、包み紙を破るや否や、中の菓子を一口で呑《の》み込んだ。そして熱い緑茶をぐっと流し込んだ。

「風呂入ってくるわ」

そう言うと亮はそのまま風呂場に向かった。久しぶりのパニックだ。亮は予期せぬことが起こると耳を押さえてパニックになるのだ。今日は自分が悪かったと千尋は反省した。

三十分くらいするとバスローブをまとった亮が風呂から出てきて、無言で二階の自室に上がっていった。時計は二十三時を少し回っている。いつもは千尋が先に寝ることが多いので、亮の寝室に行って「おやすみ」の声をかけることが常だったが、その晩はどうするか千尋は迷った。でも話しておきたいことがある。千尋は亮の寝室に向かった。

「亮さん。さっきはごめんね」

「いいよ。何？　もう寝たいんだけど」

亮はまだ怒っていたがパニックは少し落ち着いたようだ。千尋は微《かす》かなため息をついた。

「来週、康太の立秀館塾のクラス分けテストがあるの」

「前にも聞いたよ。それがどうしたの？」

亮はいつものように千尋とは視線を合わせずバタバタと翌日の服の準備をし

ていた。亮の服は下着以外全て自室に置いてある。康太のことにはまるで関心がないようにふるまう亮をみると家族だとは思えない。でもいつものことだ。千尋はやはり話すのを止めた。

「うん。それだけ伝えたくて。ごめんね。おやすみなさい」

と言うと、できるだけ音を立てないように部屋のドアを閉めた。亮は千尋が出ていった後も険しい面持ちで翌日の服の準備をしていた。

「いよいよ、明後日ね。クラス分けの試験……」

いつものレストランで舞子は千尋に言った。

「あら、そうだったわね」

千尋はわざと忘れていたようにふるまった。

「穂香は特進クラスなんて行きたくないって言うの。でも康太くんも頑張ってるよって言うと、じゃあ、私も頑張るって」

「そう。一緒に行けたらいいわね。うちの子はどうかな」

そう答えながら千尋の頭には、石渡が教えてくれた出題範囲の問題を何度やっても間違えてしまう康太の歪んだ顔が浮かんだ。「どうして分からないの！」とここ数日、何度康太に怒鳴ったことか。最後の手段は答えを丸暗記させることだ。

「ねえ……千尋さん……」

声をかけられ、はっと我に返った千尋であったが、まだ頭の中はどうしても問題が解けなかった康太のことでいっぱいだ。

「ごめんなさい。考え事しちゃって」

「また亮さんのこと？」

「それもあるわ」

うまく亮を出してくれて助かったものの舞子は怪訝《けげん》そうに千尋を見つめた。

その二日後、クラス分けの試験が終わり、千尋はすぐに康太に出来栄えを訊ねた。

「どうだった？　できた？」

「うん、できたよ。思ったより簡単だった。昨日やったのと同じのが出たよ」

〝よかった、昨日やっておいて。特進クラスに行ける！〟千尋はホッと気が緩んだ。

「よかったじゃない。どの問題が出たの？」

「あ、忘れた」

そういうと康太は携帯ゲームを取り出し、器用にボタンを押し始めた。

「ええ、もう忘れたの？」

さきほどの千尋の気の緩みはそのまま無力感につながった。千尋は亮から聞いた話を思い出した。〝できた〟と簡単に感じたテストほど、実はできていないことが多く、〝難しかった〟というものほど、実はしっかりできていることが多いということを。

結果はそれから三日後に郵送で自宅に届いた。

『標準クラス』

だった。その下には国語と算数の点数がそれぞれ国語5点、算数13点と書かれている。そういえば立秀館塾で特進クラスに進むには八割くらいの点数が必要だと舞子が言っていたのを思い出した。八割なんてとんでもない。深い沼から抜け出せないような感覚が千尋を襲った。この感覚はかつて亮の寝室で、亮がうたた寝をしていたときにタブレットの画面をこっそり見たときと同じだ。

「康太っていったい……」

康太がテストで点数が取れないことを千尋は十分に分かっている。でもそれは勉強方法が悪いだけで、やればできると信じている。たまたま失敗した？　問題が悪い？　立秀館塾の教え方がよくない？　千尋の頭の中をグルグルと考えが巡った。やはり標準クラスは受け入れられない。そうだ、直接、石渡に聞いてみよう。そう思い立つと千尋は立秀館塾に電話をかけ、翌日に話を聞きに行く予約をした。

「蒼田、それ違うよ」

学校での算数の時間、康太の横の席にいる知也《ともや》が声をかけた。知也は中学受験を考えている秀才だ。

「え……」

康太の手がぴたりと止まった。そして周囲をキョロキョロしながら、また机の上に視線を戻すと康太は訳が分からず固まっている。その様子を見ていた担任の櫻谷《さくらたに》が声をかけた。

「蒼田くん、どうしたの？」

康太は固まったままであった。

「蒼田、先生が聞いてるぞ」

知也がまた声をかけた。しかし、康太は動きを止めたままだ。次第にクラスのみんなが康太を見つめ始めたので、櫻谷は声をかけて促した。

「みんなは続けてください」

そう言うと、櫻谷は康太の机に近づき、その机に開かれている教科書をみて康太が固まった理由が分かった。指定した百二十七ページとは違う百二十一ページを開け、そこの問題を解いていたのだ。クラスに何人か先生の指示をしっかりと聞き取れない子がいる。康太もその一人だ。「にじゅうしち」を「にじゅういち」と聞き間違えたのであろう。しかし百二十一ページはもうだいぶ前に終わっていたのでおかしいと気づくはずなのに。康太のノートには大きさの違う不揃《ふぞろ》いの文字と数字が並んで書かれていた。

「蒼田くん、そこでなくて百二十七ページね。先生がはっきり言わなくてごめんね」

康太は慌てて百二十七ページを開き直したが、周りの目が気になっているのか指は震えている。櫻谷も康太の指の震えを見ながら、こういったことが度々ある康太にどう対応すればいいか思いあぐねていた。そのためにも保護者と一度面談しておかないといけない。櫻谷はスケジュールを頭の中で確認しながら、保護者会に出席していた康太の母親の顔を思い出そうとしていた。


「こんにちは。ここでお世話になっている蒼田康太の母ですが」

立秀館塾の受付で千尋は声をかけた。

「蒼田さんですね。お待ちしておりました。では奥にどうぞ」

端整な顔立ちの女性に案内されてエレベーターで三階に上がり千尋は面談室

に入っていった。三階のこの部屋は初めてだ。そこにはすでに石渡が座ってい
て、入り口に顔を向けている。
「どうぞ、おかけください」
石渡をこんなに間近で見るのは初めてだ。石渡は、四十代半ばくらいで眼鏡
をかけ塾内ではいつもスーツを着ていた。小柄であったが綺麗に固められた頭
髪が多い分、座ると顔だけが一回り大きく見える。
「失礼します。康太の母です。今日はお忙しいところすみません」
「担当の石渡です。康太くんのクラス分けテストのことですね」
「そうです。もっとできるかなと思ったのですけど、点数をみてショックを受
けまして」
千尋は目を伏せた。
「康太くん、頑張っているんですけど、基礎的なところの理解がまだできてい
ないみたいですね」
「はい。家でもみているのですが、なかなか身につかなくて」
「五年生になると勉強内容がぐっと難しくなりますから、このままだと標準ク

ラスでも厳しくなってくるかもしれません」

標準クラスでも厳しい？　千尋はいっそう惨めになって石渡の目を見ることができなくなってきた。

「今回のテスト、康太は全体では何番くらいだったのでしょうか」

ぼそぼそとした声で千尋はつぶやいた。

「今、特進が十五名、標準が十五名定員なのですが、標準クラスでは下から二番目です」

他の子はそんなにできていたのか。ビリはどの子なのだろう。でも、うちの康太がその次だったなんて。

「そんなに悪いのですか……」

もうほとんど音にならない声だ。

「お母さん、一回のテストであまり落胆なさらないでください。まずは標準クラスで基礎をしっかり理解するのが先決です」

「特進クラスに合格するには八割とらないといけないのですよね」

「まあ、そうですが。いまは標準クラスでコツコツやっていくのがいいと思います」

　下から二番目でどうやってコツコツやっていくのだろう。小学二年生からずっとこの塾でコツコツと頑張ってきたのだ。それなのに。これまでテストはあったがここまで悪かったことはなかった。千尋は頭の中で過去三年間の記憶を辿《たど》っている。亮、栄子、そして舞子の顔がチラチラと浮かんでは消えた。千尋は思い切って訊ねた。

「康太には何か問題があるのでしょうか」

　石渡は動じずにしばらく黙っていたが、それが千尋を余計に不安にさせた。石渡はゆっくりと口を開いた。

「私には専門的なことは分かりませんが、平均的とは言えないでしょう。私の知り合いに、精神科医がいますのでご紹介はできます」

　まさか。精神科という言葉まで出てくるとは思わなかった。

「康太は発達障害なのでしょうか」

「私には分かりません。でも何らかのしんどさを抱えているとは思います」

　千尋は、その後石渡と交わした会話を覚えていない。康太には何らかの障害があるのだろうか。遺伝なのだろうか。亮にも発達障害の可能性があるのだ。千尋は一刻も早く帰ってインターネットで可能性のある障害について調べたい衝動にかられた。

「分かりました。主人とも相談してみます」

千尋はサッと荷物を抱え部屋から出ると一階に下りるエレベーターのボタンを震える指で押した。エレベーターのドアが開くと、千尋が今最も会いたくない相手が出てきた。なんと舞子だ。舞子も千尋が正面にいるのに驚いた。

「あら、千尋さん、偶然ね。あなたも相談？」

「あ、まあ。舞子さんも相談？」

「うん。穂香が特進クラスに受かったんだけど、本人に聞いたら勉強大変そうだから標準クラスがいいって、そんなこと言うのよね。だから石渡先生と相談しようと思って。それに特進クラスは塾代も上がるしね」

舞子のところは家のローンもなくて生活に余裕があるんじゃないの！　と思わず叫びそうになった。

「うん。そうよね。塾代がね」

「ひょっとして千尋さんのところもそのことで相談？」

「ええ。うん。そんなところだわ」

「お互い大変ね。じゃあまたね」

舞子は相談室に消えた。千尋はエレベーターに乗ると『閉』ボタンを先に押してから『1』のボタンを押した。

「石渡先生！　お世話になっています」

面談室から舞子の大きな声と、それに応える石渡の陽気な声が聞こえた。


その日、康太の十歳の誕生日を祝いに、栄子は大きな紙袋をもって息子の家を訪ねた。あまり外出しなくなった栄子にとっては特別な日の一つだ。康太の成績のことをつい訊ねてしまう栄子も誕生日にはそういった話はせずに楽しく過ごしたい、とやってきた。

栄子が亮の家のチャイムを鳴らすと、康太がドアを開けて飛び出してきた。

「おばあちゃん！」

「あらー康太ちゃん。こんにちは」

康太はいつも優しい栄子が大好きであった。

「お母さん、いらっしゃい。亮さん、お母さんが来られたわよ」

千尋も奥から出てきた。しばらくして亮も二階から下りてきた。

「母さん、いらっしゃい」

「亮、少し痩せた？」

「少しね」

「ちゃんと食べなきゃだめよ」

「分かっているって」

千尋は自分が責められている気がして目を伏せた。

「さあ、お母さんどうぞ」

玄関に置かれた橙色《だいだいいろ》のスリッパをはいた栄子は、リビングに通される。

「あれ？　配置を変えた？」

栄子が声を上げると康太が答えた。

「うん、そうだよ。おばあちゃん、驚くだろうなってパパが言ってたよ」

窓際に置かれていたブルーのソファーが、リビングの入り口の近くに窓の方に向けて置かれ、庭が見えるようになっている。

ソファーに座ると温かいほうじ茶がテーブルの上に置かれた。今日は康太の勉強のことは誰もが触れないでおくつもりだった。しかし康太が口火を切った。

「おばあちゃん、この前ね、塾でテストがあったの」

「へー、どんなテスト？」

栄子は自然と身を乗りだした。

「クラス分けのテスト。僕は標準クラスだったよ」

「よく頑張ったわね」

康太はとにかく褒《ほ》めてもらうのが嬉しい。千尋や亮が褒めることは滅多になかったからだ。栄子は大きな紙袋を康太の前に出した。実は康太もずっとこの大きな紙袋が気になっていたのだ。

「じゃあ頑張ったからこれ。誕生日プレゼントね」

「やったー」

康太はその場でぴょんぴょんと大袈裟に飛び跳ねてみせると、袋を抱えて、リビングの隣にある和室に座り、さっそく紙袋をバリバリと破り始めた。

「お母さん、有難うございます。ケーキを買ってあるので食べましょう。飲み物は珈琲でいいですか？」

「有難う。そのままだと強いのでミルクを少し入れてもらえたら」

「分かりました。亮さんもミルク入れるよね」

「うん、今日は多めにミルクを入れてほしい」

今日、亮は少し胃腸の調子がよくない。昨晩から何度もトイレに行っていたから緩めなのかもしれない。仕事のストレスがあるのだろうか。

「分かった。亮さんは今日は多めね」

千尋がそう言い終わると、亮は、康太が自分たちの会話が聞こえない場所にいることを確認し、ため息交じりに言った。

「まあ、標準クラスといっても下のクラスだけどね」

「そう。でもまだ小四だからこれからよ。ねえ、千尋さん」

何らかの返事を期待した栄子であったが千尋の表情は固まったままだ。栄子は気まずくなり話題を変えた。

「そういえば、亮、最近、仕事が大変らしいわね。今度新しく来た人が、残業はしないっていってすぐに帰ってしまうんですってね」

千尋は額がカーッと熱くなってきた。そんな話、私は聞いていない。記憶を辿ってみたがやはり知らない。

「ええ、そうなんですよね。最近の若い人はね。働かない人が来たら大変ですもんね」

栄子に額の赤みを気づかれないように話を合わせた千尋であったが、自分は、まだこの家族の一員として認められていないと感じずにはいられなかった。

「お母さん、珈琲です。ミルクはこれくらいでいいですか？」

「有難う。ちょうどいいわ。千尋さんはミルク入れないの？」

「あ、私はいつもブラックです」

「そうそう。千尋は胃腸が丈夫なんだよ」

亮が言うと、神経も図太いように聞こえてしまう。そんなことないのに。この人はいったいどこまで私を貶《おとし》めれば気が済むのだろう。こんな人と一緒になったから私は少しでも刺激のある濃い珈琲を欲するようになったのだわ。栄子が横を向いた瞬間、千尋は亮をキッと睨《にら》みつけた。

栄子が帰った後、康太と三人で夕食のテーブルを囲んだ。千尋はずっと口数が少ないままだ。

就寝前に千尋は亮の部屋を覗いた。千尋の顔は硬く歪んでいる。そして強い口調で亮に食ってかかった。

「亮さん、お母さんに仕事のこと話したの？　私、知らない話だったから恥をかいたわ」

「え？　話したよ？」

「聞いてない」

「この前、和菓子を食べた夜だよ」

じっと固まって思い出していた千尋のハッとした表情を亮は見逃さなかった。

「ほら、思い出しただろう。千尋に話しても聞こうとしないからな」

千尋もむきになった。

「それなら亮さんも、私の話を何も聞いてくれないじゃない！」

こんなにも大きな声を上げたことが記憶にないくらい千尋は動揺していた。

「僕が聞いてない？」

「そうよ！」

「聞いていないのはそっちだろう！」

「あなたよ！」

千尋はもうその場にいるのが腹立たしく、部屋から出ようとした。

「待てよ」

亮は千尋の上腕をつかんだ。

「大きな声を出さないで。康太が起きるじゃない」

「どっちが大きな声なんだよ」

千尋は腕を払いのけると、亮の部屋から飛び出し、自室に逃げこんだ。しばらくすると、亮の部屋からバンッと大きな音が家中に響いた。ドアを力いっぱい閉めたのだろう。

すぐ隣にある康太の部屋からは何も音はしなかったが、康太はベッドの中で布団をかぶりながら二人の怒鳴り声をじっと聞いていた。

　毎週火曜と金曜は康太が立秀館塾に通う日だ。時間は十七時から十九時までで、塾には自転車で通っている。康太が塾のいつものクラスに入ると穂香が他の女の子たちとクラス分けテストについて話していた。

「私、特進クラスだったよ」

「穂香も？　私も」

「よかった。一緒で。お父さんから標準クラスだったら塾やめろ、って言われてたんだよね」

　康太は音をたてないように後ろの席につくとすぐに机に顔を伏せた。そして聞き耳を立てた。

「そうだよね。標準クラスだったらこの塾でなくてもいいもんね」

「あ、それなら川山《かわやま》塾の方がいいってこと？」

　穂香は川山塾のことを知っていたが、康太にとっては初めて聞く名前である。

「そっちの方がよくない？」

「それもアリかもね」

穂香は後ろの席に康太がいるのを見つけた。親どうしはよく話をしていたが、二人が話したことはほとんどなく、穂香は大人しい康太にはあまり興味がなかった。どちらかといえば元気で活発な男子が好きだ。でも康太は千尋から穂香の話が出るたびに淡い喜びが全身に広がった。話はしなくても、穂香とはどこかでつながっている気がするのだ。塾では教室の後ろの席に座って、穂香のサラサラした栗色の髪の毛をじっと見ることができる。クラス分けの結果は千尋からすでに聞いていたが、それが何を意味するかを、康太はまだ分かっていなかった。

「よう、穂香！」

大きな声で穂香を呼ぶ声がした。みんなが教室の入り口に視線を向けると、一学年上の五年生の悠生《ゆうせい》の姿が見える。あいつだ。康太の胸の奥にえぐられるような痛みが生じた。悠生は半年前に穂香の家の近くに引っ越してきたサッカー少年だ。真っ黒に日焼けし、冬だというのにいつも半袖半ズボンでいた。悠生はスポーツもできるし勉強もできる。そして明るく活発なので男女問わず人気者だ。

「あ、悠生くん」

穂香の声も上擦《うわず》っていた。悠生は穂香の憧れなのだ。

「特進クラスになったんだって？　俺と同じだな」

「うん！」

穂香の頰が少し赤らんだのを康太はぼんやりと見つめていたが、悠生の「俺と同じだな」という言葉を聞いて康太はやっと千尋が昨日こう言っていた意味を理解した。

「康太、石渡先生から聞いたんだけど、特進クラスは駄目だったんだって。穂香ちゃんは特進だったみたい。みんなよくできるわね」

穂香が特進クラスで、自分は標準クラスなら、五年生になると、ひょっとして穂香と離れ離れになる？　もう穂香の後ろ姿を見ることができない？　そういうことだったのか。康太は自分が急に縮んで小さくなり、ついには消えていきそうな感覚に襲われた。勉強でも負けてますます遠い存在となった穂香を前に、康太はただただ惨めであった。

「クラス分けテストはこれから年に何度もあるから、次、頑張ろうね！」

康太はその後に続いた千尋の言葉もうっすらと思い出していた。そして、

〝自分は頭がよくないのかな〟

そう思い始めていた。


千尋にとって康太が特進クラスに行けなかったことは屈辱であった。それに加え、穂香が特進クラスに合格したことも、舞子との間に決定的な亀裂を入れることになるだろう。標準クラスでは立秀館塾に通っても意味がないことは分かっている。それならレベルは少し落ちるがライバルの川山塾の上のクラスならまだ面目を保てるかもしれない。康太もきっと賛同するだろう。でも亮や栄子にどう説明しようか。千尋は一人画策した。

そうだ。川山塾でいったん力をつけてからまた立秀館塾の特進クラスの試験を受けさせればいいんだ。立秀館塾の石渡は康太に精神科の受診を勧めてきたような男だ。康太に問題があると思っているのだ。石渡も舞子も見返してやり

たい。

「私が何も知らないと思って」

千尋は立秀館塾の石渡と面談を終えたあと、すぐにインターネットで康太に可能性のある発達障害についてとことん調べてみたがどれも当てはまらないではないか。

「絶対見返してやる」

そうつぶやくと千尋は川山塾に電話をかけていた。

「そちらへの入塾を考えているのですが……はい。次、小学五年の男児です」

川山塾の担当者の丁寧で穏やかな対応は千尋の気持ちを後押しした。そして明後日にさっそく千尋だけ相談に行くことに決めた。

その晩、千尋は就寝前に亮の寝室に行くと報告した。

「亮さん、康太ね、今の塾をやめさせようと思っているの」

「え、どうして？　ここまで続けてきたのに？　康太が嫌がってるの？」

「いいえ。そういう訳では」

「ではどうして？」

そこで千尋は川山塾のパンフレットを亮の前に差し出した。

「ここに行かせようと思って」

「立秀館塾じゃだめなの？」

「特進クラスでないと意味がないわ」

「まあ、千尋がそう思うなら反対はしないけど。もちろん康太もいいって言ってるんだよね？」

千尋の動きが一瞬止まった。康太にはまだ一言も言っていないが、亮はそのことに気づいていない。

「も、もちろんよ。康太もその方がいいって」

「母さんには僕から言っておくよ」

「お母さんに言う必要ある？」

千尋の表情が一気に険しくなった。

「だって、康太のこと、いつも気にしてるし」

「どんなふうに？」

「勉強ができなくてイジメに遭わないかしらって」

栄子のことを出されると千尋はいつも気持ちがソワソワしてくる。

「あなたはどうなの？」

「僕は、そもそも塾には反対だけどね。そんなに早く行かなくても何とかなるよ」

「塾のクラス分けのテストで下から二番目だったのよ！　穂香ちゃんは特進クラスだったのに。私、情けなくて」

「もう止めろよ。自分の価値観を康太に押し付けるのは！」

亮がまた大きな声を上げた。

「康太のこと、何も知らないくせに」

そう言い放つと千尋は亮の部屋から飛び出していった。またしても隣の部屋で康太が聞いていたことに二人は気づかなかった。

時間は十二時少し前であった。もうすぐ昼休みだ。亮の部署では二十人ばかりの男たちが黙々と机に向かっていた。会社は古い総合ビルの二階と三階の二フロアを間借りしていたが、亮の設備部門は二階で、設計部門と建設技術部門の三階とはあまり交流がなかった。三階は女子社員も多く華やかであったが、二階はほぼ男性で雰囲気も騒々しく汗臭い。部屋の空調が効きすぎて暑かったせいもある。

博多から転勤してきたばかりの川北は亮の横に机を並べて座っている。十二時のチャイムが鳴るとみんな次々に席を立ち始めた。

「蒼田さん、昼ご飯行きましょう」

川北が声をかけてきた。職場に社員食堂はなく、昼ご飯は外に食べに出ることが常だ。

「どこ行こう？」

亮は答えながら腰を上げ、そして椅子の背にかけてあった上着に手を伸ばした。気さくに声をかけてくれるところは川北のいいところだ。二人が揃って階段に向かおうとすると後ろから誰かの声がする。

「おーい。蒼田くん。あの件はどうなったかな？」

課長で上司の諸井《もろい》だ。

「ええと、あの件といいますと？」

「あれだよ、あの和歌山の」

「ああ、あれですか！」

諸井と歩調を合わせながら亮がわざと大きなリアクションをすると、諸井も嬉しそうな顔をしながら二人に合流して歩き始めた。諸井は単に昼ご飯を一人で食べるのが寂しくて一緒についてきたかっただけである。でも本当は諸井といると心は休まらない。昼ご飯のときくらいは上司と離れたい。亮はそう思ったが、後ろから川北が諸井に声をかけた。

「諸井さん、紀ノ川《きのかわ》の埋設管ですか？」

「そうそう」

「私、あれは地中レーダーを使ったらいいと思うんですけどね」

「なるほど。レーダーか。でも実績はあるのかな」

諸井は川北に顔を向け、話を続けた。亮は二人を先導する形で今日の昼食の手ごろな店を考えた。

「諸井さん、店はどこでもいいですか？」

「うん。いいよ」

いつの間にか勝手についてきた諸井の意向を確かめている。亮は諸井のことはあまり好きではなかったが、仕方ない。亮がいつもよく行く居酒屋が昼間はランチを提供しているのでその店に向かった。諸井は川北との話に夢中で亮の後を犬の尻尾のようについてきている。店に着いて奥のテーブルに案内されると、諸井の向かいに亮と川北が並んで座った。川北が話を続けた。

「諸井さん、先ほどの話ですが最近は地中レーダーの性能も上がっています」

「でも、埋設管はもっと深いだろう？」

「やってみないと分かりませんが」

川北が少し戸惑っていたので、亮が口を添えた。

「まあまあ。後で図面を見ながら相談しましょう」

「そうだな。川北くん、夕方にまた図面見せて」

「はい」

川北は困った顔になりながら答えた。川北は定時で帰るので、夕方に図面を見せたりする余裕はないだろうことを亮は察していた。諸井が調子に乗って話し続けた。

「話が変わるけど、あの高速道路の上を流れる河川の……」

諸井は二人に向かって一方的に話し続けたが、亮としては昼休みまで仕事の話をされるのはうんざりだ。一方の川北はいつもすぐに帰るくせにこんなときだけ調子よく諸井に話を合わせている。

「こうやって計画を立てていると、自分が社会を動かしているって気分になるよ」

諸井は川北に得意げに言う。これにはさすがの川北も口をへの字に曲げ、呆《あき》れ顔になったが諸井は気づかないままである。

「いつか僕にも分かりますかね?」

「すぐに分かるよ」

亮は最初からずっと冷めて聞いていた。随分前からこの会社には嫌気が差していた。給与は安いし仕事は面白くない。一生続けていきたいなどとは思えない。社会を動かすだって? 会社に上手く利用されて搾取されているだけだ。

でもローンも残っているし会社は辞められない。内心そう思いを巡らせながら川北に諸井との会話を任せた。

「ではボチボチ行こうか」

やっと諸井がその場を切り上げてくれた。三人が昼食から会社に戻ると、十三時までもう時間がほとんどない。とても眠い。五分でも仮眠を取りたかった。諸井への怒りを覚えつつ亮はそのままパソコンに向かった。

夕方十八時になると、諸井は川北を探したが、綺麗に片付いた机だけを残し、その姿は既になかった。

「蒼田くん、川北くんってひょっとして帰った？」

「そのようです」

「そっか。昼間、約束してたのになあ。蒼田くん、彼が言ってた図面ってある？」

「ええっと。探してみます」

そう言うと亮はパソコンのファイルを検索し始めた。定時に帰るのは川北の権利ではあるが、その分、亮にしわ寄せがくる。いつか川北にも分かってもらえる日がくるだろうか。その前に川北は会社を辞めているかもしれない。いや、自分の方が先かな。そんなことを考えながら川北の言っていた図面ファイルを亮は見つけた。でも、面倒くさい。そもそも川北の仕事なのだ。

「諸井さん。やはり川北じゃないと分かりません。明日、聞きましょう」

「そっか。分かった。明日な」

諸井の頭はすぐに別件に切り替わってくれていたが、亮は、自分がこうも簡単に嘘をつくようになったきっかけを思い返していた。次第にパソコンのモニターを見る目がぼやけてくると、千尋がいつも家の中でバタバタと忙しそうにしている光景が蘇《よみがえ》ってきた。

「亮さん、十月の第一週目の土曜って予定は入っていない？」

「手帳を見てみないと分からないけどどうして？」

「康太の学校の音楽会があってね。お母さんもたまたま用事で無理みたいで。だから、あなたが一緒に来られないかなって」

「予定を確認してみるよ。でもそこは何か入っていた気がするなあ」

　亮は保護者が大勢集まる学校行事が大嫌いだ。中途半端な顔見知りに、仲良くもないのに愛想よく笑顔を作り世間話をするのが本当に苦痛だ。せめて千尋がずっと自分のそばにいてフォローしてくれたら話も合わせやすいのだが、いくぶん社交的な千尋は亮を一人置いてどこかに行ってしまう。専業主婦にとって学校行事は一番の社交場なのだ。亮に構っている場合ではない。

　学校で一人放っておかれて長時間過ごすことを考えると、予定は入っていないことは分かっていたが亮は嘘をつくことにした。

「ごめん。そこ、河川の現場に行かないといけないかも」

「そうかあ。じゃあ私一人で行くわ。ビデオカメラ貸してね」

「ごめんね。用意しておくよ」

　嘘をついてもすんなり受け入れてくれる千尋は亮にとって有難かった。このときから、楽になれるなら嘘も必要なのだと亮は学んだのだ。でも実際のところ、千尋は亮をあてにしておらず来ても来なくてもどちらでもよかったのだが。

　そうか。嘘をつくようになったのは結婚してからかな……。そう思い出すと亮の意識はふたたびパソコンのモニターに戻っていた。

後日、千尋は川山塾の面談室にいた。電話での穏やかな応対を裏切らず誠実そうな面ざしの担当者が目の前にいる。川山塾はまだできて間もなく実績が少ない。そのため担当者は必死だ。でも規模や設備がどうしても立秀館塾に比べ見劣りする。

「まだ立秀館塾には言っていないのですが、どうも康太には合わないようですので、こちらでお世話になりたいと思いまして」

「もちろん歓迎いたしますよ。康太くんもこちらの塾がいいと言ってくれているのですよね」

「実はまだ本人には」

亮と同じことを言われ、やはり先走ってしまっていることを千尋は自覚した。

担当者は少し困った顔をし、そして続けた。

「そうですか。では、お母さん、一度、体験教室に来られたらいかがでしょうか」

立秀館塾についていけなくなる子が川山塾に流れてくることも少なくなかった。しかし子どもの意思とは別に保護者が一方的に決めることも多かったのだ。そういった場合、子どものモチベーションは概して低い。

「分かりました。一度、本人に伝えてみます」

「そういえば、立秀館塾から他にも当塾に移りたいと言われる方もおられました。詳しくは申し上げられませんが、クラス分けテストが納得できないとかで」

それを聞いて千尋はヒヤッとした。まさに私と同じではないか。

「そ、そうですか。クラス分けテストがありましたもんね。では、私はこれで失礼いたします」

川山塾からの帰り、千尋は康太への申し訳ない気持ちが湧き上がってきた。康太のためとはいえ気持ちを聞かずに勝手に決めようとしていたのだ。でもひょっとしたら康太も特進クラスに行けなくて、立秀館塾が嫌になっているかもしれない。だったら許してくれるに違いない。そういった子は他にもいるのだ。

しかし、もし康太が立秀館塾を続けたいと言ったら。でもそれよりも、康太が特進クラスに行けないなんて千尋自身が恥ずかしい。どうやって康太に伝えようか。千尋は考え、迷いながら歩き続けた。


千尋が家に戻ると康太はすでに帰宅して一人でテレビゲームに夢中になっていた。千尋はいつも通りに声をかけた。

「ただいま」

「あ、ママ。どこに行ってたの?」

ふいっと康太が顔を上げたが、またすぐにテレビ画面を向いた。

「ちょっと買い物にね」

「何も持ってないよ」

「欲しいものがなかったの」

ふーん、と生返事をした康太の注意はテレビに向いたままだ。千尋はその横顔を見ながらしばらく気持ちが落ち着くのを待った。そしてゲームが一段落したのを見ると声をかけた。

「ねえ、康太、今度、川山塾に行ってみない？」

「えー、なんで？」

康太の注意はしばし千尋に移った。

「康太は立秀館塾のままでいい？」

「いいよ。楽しいよ」

千尋は困った。どうやって説得しようか。

「川山塾の方が丁寧に教えてくれて成績が伸びるみたいよ」

「嫌だよ。だって友だちいないし」

「体験だけでも行ってみない？　そしたら好きなゲーム買ってあげるから」

ゲームと聞いて康太はシャキッと背筋を伸ばした。もうこのゲームは飽きた。他にも欲しいものがある。体験だけなら行ってもいいかな、と即決した。

「分かった！　行く。体験だけね。でも川山塾には行かないからね」

「そのとき考えたらいいわ」

千尋は、ゲームにつられる我が子が情けなくなったものの安堵した。

「今日は餃子《ギョーザ》よ」

「やったー」

康太は千尋の作った餃子が大好きだ。千尋は慌ただしく台所に向かうと、ミンチを捏ね、皮に包む段取りを考えた。亮も好きだから八十個くらいは作っておこうか。千尋はシミュレーションし始めた。

その晩、亮の帰りも早かった。久しぶりに親子三人で食卓のホットプレートを囲んだ。餃子は亮が焼いてくれ、康太も楽しそうだ。

「餃子は裏だけ焼いて、あとは水を入れて蒸すんだ」

「表は焼かなくてもいいの？」

康太が不思議そうに尋ねた。千尋はいつも亮が焼いてくれるので気にしていなかったが、康太の言うとおり確かに表はどうして焼かないのだろう。

「うん。いいんだ。餃子屋さんで上手く焼くコツを教えてもらったんだ」

そう言うと亮はヘラで餃子の裏に焦げ目がついていることを確認すると、プレートの透明なガラスの蓋を手に取った。

「千尋、コップに水を50cc汲んでおいて、僕が入れてと言ったら入れてね」

「分かった」

千尋はきちんと50ccを量るとスタンバイした。少しでも量が多かったり少なかったりすると、後で亮から文句を言われる。

「じゃあ入れて。全体に行き渡るようにまんべんなく」

千尋のもつコップから水がプレートに少しずつ注がれると油がバチバチと大きな音を立てた。

「もっと早く！」

亮の大きな声に反応し残りの水が勢いよく注がれた。蒸気を逃さないよう亮が素早くプレートに蓋を被せるとバチバチという音は、ザーっと大雨のような低い音色に変わった。

「すごい」

康太が口と目を見開く。一分くらい経つと蒸気が少なくなってきてガラス蓋を通して色の変わった餃子が見えてきた。

「もういいだろう」

亮は餃子の皮を破らないよう底をヘラで手際よく剝がし、その中の一つを自分の皿においた。そして箸で割って中が赤くないことを確認する。

「食べていいよ」

「わーい」

康太が手前の餃子を箸で一つつまみ、酢醤油《すじょうゆ》のタレに付けるとフーフーと息をかけながら素早く口に入れた。

「美味しい！」

「本当だわ。美味しい」

千尋もそれに続いた。亮がニヤニヤしている。嬉しそうな二人を見ることは亮にとっても喜びのようだ。千尋も熱々の餃子を食べながら康太の勉強の心配などなくなればいいのにと願った。涙が出てきそうだ。でもすぐにまた他の悩みも出現する。

「どこの餃子屋さんで習ったの？」

千尋は亮に訊ねた。

「ええっと、どこだったかな。もう忘れたよ。かなり前だったから」

「ふーん」

　それ以上、千尋は聞かなかったが、それは一瞬表情の固まった亮を認めたからであった。今頃、亮の頭の中でフラッシュバックのようにそのときの光景が出現しているのだろう。亮が嘘をつくときはすぐに分かる。うまく誤魔化せないのだ。きっと素直に話せないような何かがある光景なのだろう。

「では次を焼こうか」

　話題をそらすように亮は新しい餃子をプレートに並べる準備を始めた。

「縦は十三個、横は三個置けるから合計三十九個だな。千尋、三十九個餃子取って」

「僕も手伝う」

　康太が手を出そうとすると亮は大きな声を出した。

「こら！　パパがやる」

　康太の手を払いのけると一つずつ等間隔で丁寧に餃子を置き始めた。急に怒ったように反応したのは、自分のペースを崩されたくなかったのと、さっきの質問のことで昔に行った餃子屋の記憶が蘇って、きっと心ここにあらずなのだ。しょぼんとした康太と、綺麗に一列に並べられた餃子を見つめながら、千尋はそう理解した。「なぜそんなことをするの？」と責めても堂々巡りだ。「だから、きっとこうしたかったんだ」と理解することだけが楽になれる唯一の手段なのだ。何か康太に声をかけたいが、うまく言葉が見つからない。


就寝前、亮の部屋を訪れた千尋は手短に言った。

「今日は餃子焼いてくれて有難う。塾の話なんだけど、康太が川山塾に体験に行くって。もし康太が気に入ったら、川山塾に行かせるわね」

亮はタブレットから一瞬顔を上げたが、そのまま視線をタブレットに戻した。


川山塾の体験の日、千尋は落ち着いた色のワンピースを選んだ。康太はゲームのことばかり考えているようだ。

「ねえ、今日行ったら、本当に好きなゲーム買ってくれるんだよね」

「もちろんよ」

P町には小学校が三校、中学校が二校あり、その中心あたりに川山塾はある。

摂山駅前にある立秀館塾に比べ、川山塾は幹線道路沿いにあり駅から少し離れているものの、不便とまではいかない。二つの塾以外にも小・中学生を対象にした塾が点在し、駅前から幹線道路にかけて学校を終えて塾に向かう子どもたちで夕方はいつも賑《にぎ》わっている。

二人は川山塾へ行く途中、店舗が多く立ち並ぶ商店街を通った。千尋はこの通りを康太に通わせるのが唯一の不安だ。ダラダラと歩いていた康太であったが、玩具屋《おもちゃや》が目に入ると別人のようにスイッチが入った。

「あ、ゲームを先に見ていい？」

「ダメよ。先に塾に行ってからね」

「だって閉まっちゃうよ」

千尋の制止が間にあわず、康太は玩具屋にさっと入っていった。

「こら。康太。待ちなさい」

慌てて後を追いかけた千尋であったが、康太は既に店の奥の方にいる。お目当てのゲームの場所をしっかり覚えているのだ。勉強にもこれくらい夢中になってくれたら。ため息をつく暇もなく康太のいる方向に進んでいくと、店内で康太よりも年下らしき年齢の女の子の声が聞こえてきた。

「ママ〜、買ってよ」

「前に買ったばかりでしょ？」

するとその女の子は、店の床に転がり泣きわめきだした。

「いやー!!」

「ほら、お友だちが見てるわよ」

そう言って、その母親が康太の方を見ると、その子もつられて見た。すると康太と目が合い、一瞬泣き声が止まった。しかしそれが見たことのない顔だと分かると再び声を出し始めた。

「買って〜」

千尋と康太はびっくりしてじっとその女の子の様子を見ていた。そして康太は千尋に静かに言った。

「僕、塾が終わってからでいいよ」

「うん。偉いわね」

それを聞いた女の子の母親らしき女性が女の子に言った。

「ほら、あの子は我慢できてるわよ」

「いやー」

その女性はもう諦めたように今度は千尋の方を向いた。

「すみません。お恥ずかしいところをお見せして」

「いいえ。大丈夫ですよ。では失礼します」

そういって康太の手を取り、踵《きびす》を返すと、千尋たちは店内から出た。

(あの子は年の割にわがままだわ。うちの康太はまだましね)

川山塾に向かう足取りは少しばかり軽くなった。ただ、商店街には誘惑されそうな店も多く、キョロキョロしながら千尋についてくる康太は果たして一人で通えるだろうか。そんな新たな心配の種も生じながら二人は川山塾に到着した。塾の正面のドアを開けると前に来たときと同じ女性が受付にいる。

「蒼田康太さんですね。お待ちしていました」

若い女性スタッフは康太に優しく声をかけてくれ、康太も若いお姉さんは好きなので嬉しそうだ。

「お母さんは別室でお待ちいただいてもいいですし、時間になったらまたお越しいただいても大丈夫です。では蒼田さん、こちらにどうぞ」

康太だけ教室に通されると、千尋は控室に居てもよかったがせっかくなので
お茶にでも行こうかと思い、外に出ようとしたそのときであった。

「すみませーん。望川《もちかわ》です。遅れました」

激しい息遣いとともにさっき玩具屋で見かけた親子が入ってきたのだ。

(え、あの子もここの塾?)

千尋は違和感を持ちつつも望川という名前を覚えた。

「大丈夫ですよ。では望川美羽《みう》さん、お入りください」

(女の子は美羽ちゃんね)

「はい」

同じスタッフが優しく声をかけると、美羽は恥ずかしそうに答えた。でも母
親の表情はつらそうだ。

「途中で寄り道しちゃって」

「ちゃんと来てくれただけでも偉いですよ」

「いつも有難うございます。では、また迎えに来ます。じゃあ美羽、後でね」

きつく叱られたのだろうか。美羽は大人しくなっている。母親が塾を出ようとしたとき千尋がドアのそばにいることに気が付いた。

「あら、さきほど玩具屋で」

「あ、はい」

「同じ塾だったのですね。お恥ずかしいです。うちは今、二年生で今度三年生になります。あ、甲岡《こうおか》小学校です。おたくは？」

気さくに話しかけてくれる女性に、舞子とは違った親近感が湧いた。

「うちは泉庄小学校で、今度五年生です。蒼田といいます。どうぞ宜しくお願いします」

「こちらこそ。望川です。もし宜しかったら時間までお茶でも飲みません？」

千尋は屈託なく自分を誘う望川に好感を抱いた。

「もちろんです」

二人は川山塾の三軒隣にある二階建ての喫茶店の二階に向かった。木造建築のレトロな店だ。表面の木目が美しい長方形の木製テーブルが規則正しく置かれている。千尋は前から気になっていたが入るのは初めてだ。二人は窓際の席が空いているのを見つけるとそこに腰を下ろした。すると二人に付いてくるように店員が水とお絞りを手に後ろに控えていて、すぐに注文を聞いてきた。少しせっかちに感じたが、望川はすでに頼むものは決まっていた。

「私は珈琲のホットをブラックで」

それを聞くと、千尋は嬉しくなった。同じだ。

「私も同じものを」

「分かりました。ホット珈琲をブラックで二つですね」

千尋と目が合うと望川もニコリと笑った。

「望川さんは、もう川山塾は長いのですか？」

「まだ一年くらいかなあ。お恥ずかしいところをお見せして」

「いえいえ」

「実はあの子、発達障害があるんです」

千尋は、突然の吐露に面喰《めんく》らいながらも、発達障害という言葉に身体が反応して亮の顔が思い浮かんだ。そうか。この母親はきっと私が発達障害のことなど知らず、躾《しつけ》不足と思っているだろうと察して弁明したのか。そうだとしても、発達障害かもしれないと亮のことを理解しようとしていたのに、目の前の美羽にはまったく気づかなかった。突然とはいえ美羽をわがままだと感じてしまった自分の浅はかさを恥じた。

「え、発達障害って」

「ＡＤＨＤ（注意欠如・多動症）って言われました。それで今、特別支援学級を利用しています。でも特別支援学校の方がいいのかもと迷っていまして」

「そうだったのですね」

障害の様相は様々だ。千尋は最近、康太のことで色々と書籍を買って勉強していたのでＡＤＨＤという発達障害があり、どういった症状を呈するのかもだいたい知っている。

「川山塾はうちのような子でも面倒みてくれて助かります」

ＡＤＨＤの子の面倒をみることができるとは、いったい川山塾ではどんな授業をしているのだろう。不安と期待を感じつつ千尋は康太の様子が気になり始めた。でも望川の話を聞いていると、期待も大きくなってくる。

「私ね、美羽がどうして集中して勉強できないのかずっと分からなくて。やる気がないのかと思って家で叱りながらやらせてたんです。でもぜんぜん身につかなくて」

康太にもたくさん思い当たるふしがある。望川はそんな千尋の心情を知るよしもなく続けた。

「それで他の塾にも行かせて。いつもテストの点数はほとんど一桁でして」

「それは、おつらかったですね」

うちと全く同じだ。康太にも何かしらの発達障害があるのではないか。そんな懸念が強くなりつつ千尋は望川の次の言葉を待った。

「夫とも教育方針について衝突ばかりして。夫はそんなに勉強させなくていいじゃないかって言うんです。でも私はそんな無責任なって。それが原因で夫と離婚したんです」

夫とのやり取りも奇妙なくらい共通していて、千尋は背筋が凍りつくような思いだ。その氷を崩すように千尋は口にした。

「どんなきっかけで特別支援学級に行くことになったのですか？」

「それはね、あることでお医者さんに診てもらうことになりまして。そこで美羽に発達障害があることが分かりました。そしたら私の中で、すーっとつきものが落ちたように感じたんです。それからそのお医者さんに色々と相談にのってもらって。学校の先生とも話して特別支援学級を利用することになったんです」

康太も立秀館塾で、精神科の受診を勧められたことを思い出した。やはり康太にも障害があるのではないか。千尋はますます困惑した。

「最初はすごくショックだったけど、でも、つらいのは美羽だって。それなのに美羽は自分が悪いって思っていて可哀想《かわいそう》なことをしました。最初に相談にのってもらったお医者さん、賀川《かがわ》先生っていう児童精神科の女性の先生なんですが、とてもいい先生で。それで救われたの」

そういえばいまでもときどき連絡をとる高校時代の友人が一人、医師になっている。精神科は怖いイメージもあるが、児童精神科というのは初めて聞く言葉で、そんな診療科もあることに興味をもった。千尋は思った。賀川という医師になら康太のことを分かってもらえるかもしれない。でも望川に言うべきか。

戸惑った表情を見せた千尋に望川は訊ねた。

「で、蒼田さんのところはどうしてここに?」

「あ、うちは……」

千尋が次の言葉を探していると望川は気を遣ってくれた。

「いいんです。私がペラペラと喋ってしまっただけなので。あら、そろそろお迎えの時間だわ」

そう言うと望川は席を立ち、それに促され千尋も立ち上がった。


望川の話を聞いてから、千尋は自身の子ども時代を思い出すようになった。勉強したかったが弘子の世話で勉強する時間がなく、大学進学も諦めた。もし自分の子ができたら、自分と同じ思いだけはさせたくない、好きなだけ勉強させてあげたいと、ずっと思ってきた。しかし今の自分はどうだろう。目の前に望川がいれば自分の気持ちを素直に話せるかもしれない。

千尋がその気持ちを望川に伝えるのに時間はそれほどかからなかった。亮と康太と話し合った結果、三人で立秀館塾から川山塾への転塾を決めた。友だちがいないと言っていた康太も、体験授業が楽しかったようで納得したのだ。翌週、千尋は一人で手続きに川山塾へ向かったのだが、そこで美羽を送り届けに来た望川に運よく出会った。千尋は望川を最初に出会ったときと同じ喫茶店にさそい、ずっと抑え込んできた胸のうちを話した。

「実はうちの康太、立秀館塾に通っていたんですが、ついていけなくなりまして。それで川山塾に変えようと思ったんです。発達障害の子も面倒をみてくれる、と伺ったのも大きかったんです。立秀館塾の先生によると康太にも何か障害があるかもしれないと」

「そうだったんですね。蒼田さんもつらかったですね」

「いえ。望川さんも言われたように、つらかったのは康太だと思います。それで私も夫と関係がギクシャクしてしまって。これからはもっと夫とも会話をしないといけないと思いました」

亮といつもセットで出てくる姑《しゅうとめ》の栄子も千尋の悩みの種だった。

「ご主人と一緒に学校に話を聞きに行かれてもいいわね。やはり夫婦で共有して頑張っていかないと。私は離婚しちゃったけど」

　望川はほんのり赤くなりながら話した。

「ええ、学校からは、面談に来てほしいと言われているんです」

　そんな望川を見つめながら千尋はさっそく、亮とともに学校に行って担任から話を聞こうと決心していた。そして千尋にはもう一つだけ聞きたいことがある。

「あの。伺ってもいいでしょうか？」

「はい、何なりと」

「美羽ちゃんを診てくれたお医者さんに康太も診てもらいたいと思ったんですが、どこに伺ったらいいのでしょうか」

　望川は千尋が自分と同じ気持ちを辿っているのを感じ取った。

「実はそのお医者さん、賀川先生ですけど、もうすぐそこを退職されるんです」

「ええ！　そうなんですか。それはショックです。どこに行かれるんでしょう？」

「それは仰《おつしや》らなくて。何かご家族のことで大変だとか」

「そうですか。残念です。そんな中で、望川さんは美羽ちゃんをしっかり受け止めてあげて凄いです」

「そんなことないですよ。実はこれまで色々とありましてね……」

含みを持たせた言い方で望川は話すのを止めたが、頭の中で回想が始まりかけていた。いつか話の続きを聞ける予感がした千尋は、それ以上は聞かないことにした。そして家に帰ったら、今晩は康太のことを亮と話し合ってみようと決めた。


三学期の終わる前のある日、担任の櫻谷との面談のため夫婦一緒に学校に向かう姿があった。

櫻谷から連絡があったときはドキッとしたが、むしろ、きちんと話をするよいタイミングだとすぐに思い直した。望川との話も背中をおした。

面談の後、亮は言った。

「あれはどういう意味だろう?」

「あれって？」

櫻谷に対して何か否定的なことを言うのではないかと千尋はどぎまぎした。

「康太は人に優し過ぎるって。あれはいいことなのか。よくないことなのか」

櫻谷が微妙な面持ちで言っていたので亮には解釈が難しかったのかもしれない。

「それは例えば人から頼まれると、嫌だと言えないというところじゃないかしら」

「康太は嫌なことを断れないかな？」

「この前、塾に体験に行ったとき、ご褒美にゲーム買ってあげたんだけど、そしたら自分が遊ぶ前に友だちに貸してしまったの。その子のお母さんがすぐに返しに来てくれたけどね」

「そういえばそういうことがあったな。何気なく聞いていたけどよくよく考えたら、自分が遊ぶ前に貸すなんて」

亮は疑問に思った。

「それを優し過ぎるっていうのかな？」

「私は違うと思うわ。康太って友だちが少ないでしょ？　だから好かれようと思って頼まれると嫌だと言えないんだと思う。それで櫻谷先生は、将来、悪友とかに利用されたりしないかって心配してくれてたわ」

「カツアゲされるとか？」

「それもあるし、言いなりになって万引きとか命令されたり」

そう言いながら千尋はまだ小さな康太がゲームに夢中になっている姿を思い浮かべると、いたたまれなくなった。ずっとこのままだといいのに。これから中学、高校という荒波に揉《も》まれていく。

「櫻谷先生は、断る練習なんかもクラスでやってくれるみたいだけど、家でも断る練習したり、何か自信がもてるものを見つけた方がいいって言ってたでしょ？」

自分にも言い聞かせるように千尋は亮に伝え直した。

「自信ね。何があるかな。康太は勉強もスポーツも苦手だしなあ」

それは千尋も同感であった。しかし無理に何かさせようとすると、立秀館塾のクラス分け試験の二の舞だ。いや、違う。それは千尋自身の問題なのかもしれない。康太のためだと思いながらも、自分のプライドのためにやってきたのかもしれない。それが康太に大きな負荷をかけてきたのだ。舞子と穂香の顔も思い浮かべると情けなくなってきて涙が出そうになった。

「でも櫻谷先生がいい先生でよかったわ。康太のことをしっかり見てくれて」

「僕もそう思ったよ。最後、ありのままを受け入れてあげてくださいって言ってたでしょ？　あれは当たり前だけど奥が深いよ。変な期待をもたせずにね。康太のこと、ほとんど分かってなかった気がする。最初、できない話ばかり先生から聞いたときは、かなりショックだったけど」

千尋にとっては実は康太のことよりも亮がどう反応するかの方が気がかりであったが、亮の言葉を聞いて、結婚を決めたときと同じ感覚を味わった。あのとき〝この人と一緒にやっていける〟、そう思ったのだ。そしてそれは姑の栄子にも正直に自分の気持ちを話す勇気を与えてくれた。

「今日、一緒に来てくれて有難う。今度、お母さんにも康太のこと、しっかり伝えたいの。これからは康太の気持ちを一番に、しっかり向き合っていきたいわ」

「うん。分かった。母さんも康太には期待し過ぎているからね。会いに行くときは二人で行こう」

「ええ。さっそくだけど次の日曜はどう？　康太には一人で留守番してもらって」

「分かった。康太がいては話せないもんね。もうすぐ五年生になるから一人で留守番しても大丈夫だね」


　そして日曜。準備を整えた千尋は康太に伝えた。

「康太、これからお父さんとお母さん、少しだけおばあちゃんのところに行ってくるから、一人で留守番していてね」

　すると康太がしっかりした口調で答えた。

「何を話しに行くか知ってるよ。僕もついていくよ」

　ここ最近、亮の部屋で繰り返された千尋と亮のやり取りは康太の部屋に漏れ続けていた。康太は栄子のところに行く理由を知っていたのだ。

「知っているって何を？」

少しいぶかしそうな目で亮は康太を見つめた。康太は答えた。

「僕のことでしょ？」

千尋の背筋を一瞬冷たいものが走ったが、それは亮との会話の内容が聞かれていたと気づいたからだけでなく、それ以外の夫婦間のことも全て知られていたと察したからだ。次の瞬間、千尋の頭はかあっと火照《ほて》ってきたが、恥ずかしさではなくむしろ誇らしい気持ちだ。最近、亮と分かり合ってから、しばらくなかった夫婦間の営みが再開したことは、たとえ康太に知られていたとしても、それ以上の喜びがあったのだ。でも、亮はまだ気づかない。

「康太のことじゃないよ」

「僕の勉強のことでしょ。知ってるよ。学校にも行ったでしょ」

「あ……」

亮は次の言葉が出てこない。その戸惑いを踏みしめるように、千尋は夫婦としての気持ちを代表して正面から伝えた。

「康太。これまでごめんね。私たち康太の気持ちをしっかり考えてあげられていなかったわ。つらい思いをさせたと思ってる。ほんとにごめんね」

三人はしばし無言で動かなかったが、それぞれの心の中で様々な気持ちと決意が交錯しつつも同じ方向を向き始めているのを、千尋はしっかりと感じ取っていた。

第2話　裕子《ゆうこ》のストーリー

林桃子《はやしももこ》が暮らすマンションでは、その日も朝の七時頃からバルコニー越しにどこからか大きな声が聞こえてきた。

「ごめんなさい。もうしません」

女の子の甲高い声だ。その後に決まって、

「何度言ったら分かるの！　口先だけで謝って」

母親らしい声も聞こえる。続いて女児の大きな泣き声もだ。桃子は自宅で仕事をすることが多かったのでその親子の朝から寝るまでの生活パターンをだいたい把握してしまっていた。やはりあの声の主は四か月前に引っ越ししてきた二軒隣の小学生の美羽なのだろうか。男性の声は聞こえてきたことはなく、シングルマザーかもしれない。

桃子はライターの仕事をしながらいつかは作家になることを夢見つつ、今年で三十四歳になる。広島県の北部に位置する小さな町の出身で、高校を卒業して宇和島《うわじま》の旅館の仲居として勤めていたが、親しくなった客から「大学は面白いよ」と言われ、色々と悩んだ挙句、仕事を辞め大学に行こうと一大決心した。

京都の私立大学に進み、社会学部で児童福祉を学んだ。そして社会福祉士の資格も取り、一時は児童福祉司になろうと考えたものの、思うところがありメーカーの営業職に就いた。しかしやはり営業が合わず、五年で退職した。その後は、幾つか職を転々としたがどれも長くは続かなかった。転機は三年前に訪れた。元々文章を書くことが好きだった桃子は、知り合いの知り合いから、教育系ネット記事の執筆の機会をもらい書いたところ、ある出版社の女性編集長・上川《かみかわ》の目にとまった。上川に気に入られてからは、定期的に仕事がもらえている。上川とはまだオンラインでしか顔を合わせたことがないが今のところ相性はいい。実際の原稿のやり取りはその部下である担当者とメールで行っていて、桃子の仕事は主に各分野で活躍している旬の人たちに取材してネットの記事で紹介したり、著者に代わって本を書いたりするライターとしてのものがほとんどだ。

桃子が最近、同じマンション内で虐待されている子がいるのではないかと感じ始めたのは、社会福祉士の国家資格を持っていて、虐待事情にもある程度知識があったからだ。

四十一歳になったシングルマザーの望川裕子《ゆうこ》と小学生の美羽の親子が、二百五十世帯ほどある大規模マンションに引っ越してきたのは新年を迎えたばかりの寒い日であった。裕子は二年前に離婚し、しばらく近くの実家の一軒家に一人娘の美羽と同居していたが、生活パターンが異なり親も高齢ながら元気であったことから二人で実家を出ることにしたのだ。このマンションは2LDKの中古で二千万円ほどしたが資金は両親が相当な額を援助してくれた。

裕子は名の知れた難関私立大学を卒業後、出版社に編集者として就職し、そこで知り合った男性と、二十六歳のときに職場結婚した。その後、長らく不妊治療をしていたが三十四歳で長女の美羽が生まれ、夫とともに仕事と育児を両立しながら、何とか生活を送っていた。しかし教育方針の違いから夫と言い争うことが増え、美羽の目の前で夫から手を出されたことがきっかけで、三十九歳のときに離婚を決意した。美羽は裕子が引き取ったが、元夫はあっという間に再婚し、ここしばらくは美羽にも全く会いに来ていない。美羽もあまり元夫には懐いていなかったのでちょうどよかったと裕子は思っている。それにもう結婚はこりごりで、今は美羽との生活を大切にするため、職場に申し出て在宅勤務をメインに仕事をしている。

裕子は引っ越してくるとすぐに同じ階の全住人と上下の階にお菓子を持って挨拶にいった。そこで二軒隣の桃子に出会った。

「今度、735号室に引っ越してきた望川です。宜しくお願いします」

「こちらこそ。林です。二軒隣ですね。宜しくお願いします。どちらからこられたんですか？」

三十代半ばであるがまだ二十代に見える若いお姉さん風の桃子に美羽は親近感を抱き、裕子も気さくに話すことができた。桃子は今でこそ運動不足で少し太ってきたものの、かつては旅館の仲居の中では一番別嬪《べっぴん》だと自負していた。自負の通りその面影は今でもまだ残っている。

「実は、実家がこの近くで、しばらくそこに住んでいたのですが、娘も大きくなったので出ることにしたんです。今小学一年生で、今度二年生になります。美羽も挨拶しなさい」

美羽はものおじせずはきはきと挨拶した。

「こんにちは。美羽です」

「美羽ちゃんね。一年生ね。学校は楽しい？」

まだ一年生としてももうすぐ二年生だ。それにしては美羽は小さい。髪の毛が天然パーマでところどころ渦を巻いており頭だけが大きく見える。桃子が美羽に顔を向けると、待ってましたと言わんばかりに、

「楽しいよ。美羽は、美しい羽って覚えたらいいよ」

人見知りはしないようだ。

「こら、美羽ったら。すみません」

「いえいえ。大丈夫ですよ。私は、昼間は家で仕事していることが多いので何かあったらまた仰ってください」

「有難うございます。私も在宅ワークが多いんですが、たまに出ることがありますので、そう言っていただけると心強いです。この子はお喋りなのでご迷惑

をおかけするかもしれませんが」

裕子が頭を下げると、それにつられ美羽も頭を下げた。裕子の笑顔には不思議と相手を包み込むような安心感がある。桃子は近所に感じのよさそうな人が来てくれて安心した。裕子もこのマンションのことは昔から知ってはいたものの、いったいどんな人たちが住んでいるか分からず不安もあったが、桃子とは仲良くなれそうな気がした。

桃子はマンションにこもって書くと仕事が進んだ。ライター仲間の中には、自宅では集中できないのでカフェなどで執筆活動をするものもいたが、桃子は逆に落ち着かないタイプだ。この分譲マンションの１ＬＤＫの部屋を月九万円ほどで借りていて、マンションの徒歩圏内に大手スーパーが二つとホームセンターもあり生活はとても便利だ。桃子の部屋からは少し背伸びをすれば遠くに瀬戸内海《せとないかい》の白い波も見える。

今進めている仕事は、最近話題になった、虐待をテーマとした書籍の著者へのインタビュー記事だ。児童虐待の通報件数はうなぎ上りだ。桃子も社会福祉を勉強したので大いに関心があったし、著者とのインタビューでも深い質問ができたはずだと自負している。

今は、著者へのインタビューはオンラインで行うことが大半である。以前であれば直接著者に会いに行くため家を空けることも多く、出張先でご当地グルメを一人で楽しむことも取材旅行の醍醐味《だいごみ》であった。しかし、コロナ禍になってから著者たちは対面のインタビューを嫌がった。行動に制限がなくなってからも、オンラインの手軽さは引き続き重宝されている。そうなると桃子もますますマンションの自室で過ごすことが増えてきた。

でも、さすがにずっと部屋にいるのも気が滅入るので、買い物以外にも気分転換にウォーキングにはたびたび出かけている。桃子のお気に入りはマンションの北側に位置する山の展望台までを往復するコースで、早歩きだと往復五十分ほどで、丁度いい運動になるのだった。

その日も桃子は十五時前に出かけ、少し寄り道をして十六時過ぎにマンションに戻ってきた。マンションの作りは全体が大きく「コ」の字形になっていて、

「コ」の内側のマンションの敷地内には子どもたちが遊べる空間が作られている。夕方になると子どもたちのランダムな叫び声が飛び交い、マンションの内側で反響し合って遊園地のような賑やかさだ。遊びに夢中になっている子どもたちを横目に見ながら桃子は自分の視線の方向に、見覚えのある女の子を見つけた。あれはこの前引っ越してきた子ではないか。でも名前が思い出せない。その子は一人で地面に何かを描いていた。桃子の視線を感じたのかスッと顔を上げると、まるで桃子が来るのを知っていたかのように勢いよく走って近づいてきた。

「林さんのおばちゃん！」

「あら。ええ……と」

「美羽だよ。美しい羽だよ」

名前を忘れていることを当たり前のように話しかけてくるこの子、大人慣れしている。そういえば今、一年生だったはずだ。

「そうだったわね。美羽ちゃんね」

「林さんは何してるの？」

「散歩に行ってきたの。今、一年生だったよね？」

「もう二年になったよ。どこまで散歩行ってたの？」

「あ、そっか。もう四月過ぎたもんね。あの山のてっぺんよ。今日は、お母さんはいるの？」

そういえば母親とは最近話をしていない。

「今日はお出かけしてるよ」

「そう。一人で偉いわね。おじいちゃん、おばあちゃんのところには行かないの？」

「よく知ってるね」

美羽に褒められてしまった。たとえ相手が子どもでも褒められるのは嬉しい。

「実はね。おじいちゃんが入院してて、おばあちゃんがお見舞いに行ってるの。おじいちゃん、お酒ばっかり飲んで、この前倒れたの」

「ええ。それは大変ね」

「それで、美羽はね、おじいちゃんにお酒止めなさいって言ってあげたの」

美羽は、淀みなく家の内情を話し、小学二年生にしては言葉遣いが大人びている。桃子は大学時代の友人の不登校の子どもが、妙に大人びた話し方をしていたのを思い出し美羽と重ねた。ときに母親と子の共依存が原因で、子が不登校となることがある。そういった場合、子が母親を守らないといけないと思い妙に大人っぽい言動を取ることもある。

「二年生になってどう？」

「うーん、まああかな」

桃子は十六時半からオンラインで打ち合わせがあるのを思い出した。

「ごめんね。おばちゃん、仕事があるからまたね」

「これからお仕事？　大人って大変ね。ではさようなら。あ、莉子《りこ》ちゃん！」

美羽は近くに友だちを見つけるとさっと走り去った。

裕子は家で編集の仕事をすることが多かったが、美羽が学校から帰ってくるとスイッチが切れたように手がピタッと止まる。

「ママ、オヤツは？」

帰ってくるなりランドセルを投げ、美羽はオヤツが置いてあるはずの籠をゴソゴソし始めた。

「手を先に洗いなさい」

「洗ったよ」

「うそ！　洗ってないじゃない」

「学校で洗ったよ」

裕子は大きなため息をついた。そして最近買ったばかりのベージュ色の革製ソファーに、美羽の黒い手の跡が付いていることに気づいた。

「手を見せてごらん」

美羽の指先は少し黒く汚れている。

「何触ったの？　真っ黒じゃない。ソファーもこんなに汚して」

「うるさいなー」

「何、その返事」

美羽はリビングの絨毯《じゅうたん》にゴロリと寝ころぶと、足でリモコンのスイッチを押しテレビを見始めた。

「こら！　リモコンを足で！　テレビは座って見なさい！」

その声は近所中に響く大きさだ。美羽は何も答えないままだ。裕子はまた大きなため息をついた。

「ママ、どうしたの？　ため息なんかついて」

あなたのことよ、と言いかけたのをグッとこらえ、これ以上美羽のペースに流されないよう裕子はゆっくりと深呼吸をした。やはり母子家庭がよくないのだろうか。それとも何か他に問題でもあるのだろうか。裕子はそう考えながらズキズキと痛くなってきた自分のこめかみを左手で押さえた。

上川編集長から桃子に、このたび刊行される星口紺《ほしぐちこん》の著書のライターの仕事が入ってきた。星口は教育関係が専門だが、今回は発達障害について一般向けに分かりやすい本を出して欲しいと出版社側から依頼された。年間十冊ほども出している星口紺のような著者は実際に自分で書く時間がないことが少なくない。なので著者に数時間インタビューしてそれをもとにライターが代筆し、完成すれば著者が最終的に確認し、必要に応じて修正や加筆も行う。桃子のようなライターは〝編集協力〟と奥付《おくづけ》に書かれることが多い。今回を入れると桃子にとって四回目の代筆仕事だ。

打ち合わせは星口、上川編集長、そして桃子の三名でオンラインにて行われた。進行は上川が行った。

「星口先生、こちらが構成案ですが大まかにこんな流れでいいでしょうか」

「うん。この前、上川さんとも協議させていただきましたので、それで大丈夫でしょう」

「有難うございます。ではこちらで進めさせていただきます。原稿はライターの林さんにお願いします。林さんから先生に何か質問などありますか？」

著名な星口を前に画面越しであったが桃子は緊張していた。

「今は、だ、大丈夫です。分からないことがあれば改めて質問させてください」

「ええ。質問ないの？　いっぱいあると思うけど。本当に大丈夫？」

「これを機会に先生のご本でしっかりと勉強させていただきます」

桃子は旅館の仲居を務めていた経験から、相手を気持ちよくさせることを多少心得ていた。星口もまんざらではないようだ。

「分かったよ。じゃあ、私の本は上川さんから送ってもらってると思うから、しっかり読んで勉強してくださいね」

「分かりました。頑張ります」

オンライン会議は手短に終わった。すでに星口の書いた書籍は、上川から何冊も送られてきていたが、実は桃子はまだ一冊も目を通せていなかったのでこれから勉強せねばならない。本当に書けるのか不安だ。

上川も桃子にそこまで期待はしておらず、無理そうなら部下の編集者の望川裕子に推敲させるつもりであった。上川の部下が数か月前に引っ越してきたマンションのあの住人だということなど、桃子は知るよしもない。

一方の桃子はいつまでもライターをやっているのではなく、大きなテーマを見つけていつかは自分で本を書きたい、と常々思っていた。でも、社会での経験は旅館の仲居とメーカーの営業職以外なく、なかなかこれといった題材が見つからないでいた。

ある土曜日の朝九時頃、桃子は朝食前のウォーキングから戻ってくると、マンションの広場に裕子と美羽がいるのを見つけた。遠くから近づいてくる桃子をいち早く見つけた美羽が声をかけてきた。寝ぐせで髪の毛が偏っている。

「おはよ。林さんのおばちゃん。これから動物園に行くんだ。じゃあね」

「こら。おばちゃんって失礼ね。おはようございます。すみません。朝っぱらから」

裕子の優しい声だ。朝に窓越しに聞こえてくる怒鳴り声とは違う。あれ？　あの声はこの人とは違うのかな。桃子は思った。美羽はとても嬉しそうに元気に走り出していった。裕子は見送って美羽が道の角から見えなくなると肩の緊張をホッと解いて、桃子の方を向いた。

「はあー。やっと行ってくれたわ」

「お忙しいですね」

「そうなんです。今日は休みなので友だちに誘われたからって」

しかし、しばらくすると子どもの甲高い声が近寄ってくる。よく見ると美羽ではないか。

「ママ、水筒忘れた！」

「ええ！　あれだけ言ったのに！　もう！　ちょっと待ってなさい」

その声は、まさにあの声だった。さっき解けた裕子の肩の緊張は一瞬にして硬くなり、部屋まで水筒を取りに行くためにマンションのエレベーターに消えた。残された桃子は美羽に話しかけた。

「今日、動物園に行くのね。お友だちと？」

「うん。お金持ちの友だちだよ。うちは貧乏だからね」

少し苦笑いしながら桃子は訊ねた。

「どこまで行くの？」

「うーん。分かんない。でも車に乗っていくんだって。ベンツだよ。私もあんな家に生まれたかったな」

間もなく裕子が水筒をもって現れた。顔つきが険しい。

「すみません。こら、また余計なお喋りして。早く行きなさい。お友だち待ってるわよ」

美羽は転びそうな勢いで走り去っていった。

「お元気でいいですね」

「いえ。とんでもない。あの子、落ち着きがなくて。学校でもいっぱい注意されてるって連絡がくるんです」

桃子には子どもがおらず、学校から連絡がくることの意味合いがあまり分からずにいた。注意されない子なんているのか。しかもまだ小学二年生なのに。でも、程度は分からないし、困っていそうなのは事実だ。いい加減なことも言えない。そこで桃子は前から気になっていたこともあり、さり気なく聞いてみた。

「それは大変ですね。あ、ご主人は……」

「私、二年前に離婚して今はあの子と二人暮らしなんです」

やはりそうか。桃子の予感は的中していた。よく朝に聞こえてくる子どもの泣き声と怒鳴り声の主は、この親子で間違いない。私にはいつも親し気な笑顔で安心感を与えてくれるこの女は、美羽と二人っきりになったときには鬼のような形相で怒鳴り散らしているのか。「虐待する親は、外面《そとづら》はいいんですよ」と大学で虐待を専門にする教授が言っていたことをふと思いだした。それなら辻褄《つじつま》が合う。美羽が虐待されているかもしれないという疑念を次第に強めていった。

虐待ではないかと疑いをもってみると美羽の言動のすべてがパズルのように当てはまっていく。今日もパズルがまた当てはまった。桃子が夕方にウォーキングから戻ってくると美羽はマンションのいつもの場所で、一人で遊んでいた。今度は桃子から声をかけてみた。

「こんにちは。美羽ちゃん」

「あ、おばちゃん……じゃなくて、林さん。こんにちは」

「偉いわね。おばちゃんでいいわよ」

「だってママに叱られますし」

叱られると聞いて桃子はピクリと身体が反応した。

「ママはよく怒るの？」

「うん。いつも怒ってます」

「どんな風に怒るの？」

「うーんと」

桃子はハッとした。こんなことは専門家でない自分が聞くべきではない。しかし当の美羽の注意はもう他に向いていた。

「ねえ、車は何乗ってるんですか」

「え？　うちは、車はもってないわ」

急に話題が変わったことに驚きつつもいつも通りの様子で美羽を見つめた。

「そうなんだ。ママが今度、車検って言ってました」

でも、小学二年生にしては何か会話がかみ合わない。相手を煙《けむ》に巻くような話し方だ。でも絶対おかしいとも感じない。グレーゾーンなのだろうか。そういえば昔大学で、虐待を受けている子は発達障害と似たような症状を示すこともあると習った。たしか両者を区別するのは難しかったはずだ。美羽は虐待を受けて大人が怖くなり、このような大人びた言葉を使っているのだろうか。

「あ、昨日叩《たた》かれました」

美羽はつぶやいた。

「え、お母さんから？」

「うん、お尻。痛かった」

「どうして？」

「私がいけないんです。いい子じゃないから」

桃子は美羽をじっと見つめて考えを巡らせた。美羽の髪はだらしなく伸び、渦巻いたままでとかされていない。せめてブラッシングぐらいしてあげたい。桃子はそんな気持ちにかられた。このまま放っておく母親なんて。やはり障害でなく虐待なのではないだろうか。

＊＊＊＊

裕子は美羽が小学校に入る前から何か問題があるのではないかと気になっていた。小学校に入ってから学級担任と面談を重ねる中で、学校の特別支援教育コーディネーターとも相談し、児童相談所の発達相談を紹介され、まずは裕子一人で相談にいくことになった。近くには小児科クリニックもあったが、コーディネーターによると心の発達を専門的に診られるところがなく、児童相談所にいる発達専門の医師に相談するのが一番だというのだ。通常、児童相談所というと被虐待児の保護というイメージがあるが、児童の発達相談や療育手帳の交付なども行っている。

紹介された児童相談所はP町の摂山駅から三駅先の隣の市にあり、駅から徒歩圏内の距離だ。五階建ての建物の中に児童相談所が市の他の部署とともに併設されていた。二階で子どもの発達相談などの業務を受け持っていた。

その日美羽が学校に行くと、裕子は電車に乗って児童相談所に向かった。最寄り駅からは駅ビル内の通路を経て地下街に抜け、そこを十分程歩くと児童相談所の入るビルの地下一階につながっているので雨の日でも困らない。地下街は飲食店などで賑わっている。離婚してから外出することが減った裕子にとって、初めての場所を一人でブラブラと歩くときは、どこでランチを食べようかと考えたりしながらワクワクして気持ちいいはずなのだが、今は身体に錘《おもり》が付いているようで足が重たい。レトロな店が見えるといいなと思ったりするが、そんな気持ちはすぐに消えてしまった。

建物の二階に上がると受付があり、予約を入れてもらっていたのでスムーズであった。裕子はすぐに部屋に通され、最初に女性担当者から問診があった。

「こんにちは。担当の心理士の須見《すみ》と申します。事前にお電話でお伺いしておりますが、改めてお聞きします。今日はどのようなことでお越しになられましたか？」

須見は物腰柔らかに裕子に訊ねた。髪は少し茶色がかっているものの後ろで丁寧に結ってあり、その姿からこの心理士だけでなく相談所全体の真摯さが伝わってくる。

「はい。うちの小学二年生になる長女のことなのですが、授業中に落ち着きがなくて注意されることが多くて。それで学校のコーディネーターの方にここを勧められました」

「小学二年生のお嬢さんが、落ち着きがないことがご心配なのですね」

「はい。そうです」

「分かりました。では詳しくお話を聞かせていただければと思います」

須見は、問診票に従って丁寧に聞いていった。家族構成、美羽の成育歴、既往歴に加え学業成績、美羽の学校での様子、友だち関係など、参考になることは何でもであった。

「では、家族のことなんかを誰にでもペラペラ話してしまうのですね」

「はい。それが恥ずかしくて」

時間は一時間を過ぎていた。一通り聞き終わると須見は言った。

「だいたい分かりました。では次回はご本人を連れてきてもらって、発達検査ができればと思いますが、大丈夫でしょうか？」

「学校をさぼれると知ったら喜んで来ますよ。発達検査はどんなことをするのですか？」

「まず知能検査を行います。他にも絵を描いてもらったりもします。その結果が出たらここの医師に診察してもらうことになります」

学校のコーディネーターが言っていた医師とはそこで会うことになるのかと裕子の中でつながった。

「分かりました。では次は連れてきます」

裕子はゆっくり頷き、これから先の計画を頭の中で組み立てていた。

数日後、裕子は、学校を早引きさせ美羽を連れて児童相談所を訪れた。発達検査は何とか終わり、一か月後、医師の診察を受けることになった。

その日も美羽が給食を食べ終わると、昼休みに学校に裕子が迎えにきた。また早引きして一緒に児童相談所に向かった。

「ママ、今日はどんなことするの？　前はパズルみたいなのとか絵を描いたりしたよ」

美羽は二回目だ。今日は何をするのかとワクワクしている。

「今日はお医者さんの診察だって」

「えー、注射するの？　いやだよ！」

美羽が大声を出すと電車内の複数の人たちが美羽たちをチラッとみた。

「注射はしないわよ。お話するだけよ」

「ほんと？　嘘ついたら承知しないからね！」

美羽はプイッと横を向いた。どうしてこの子はこんなに気性が荒いのだろう。

約束の時刻の少し前に児童相談所に着くと受付で声をかける。今度は三階に案内され、診察室の斜め向かいにある待合室で待つように言われた。ここは初めての部屋で、ソファーに加え、棚には玩具などが綺麗に整頓され置いてあったが、美羽は珍しく何も手に取らずじっとソファーに座っている。すこし緊張しているようだ。しばらくすると、ある親子が診察室からドアを開けて出てくる音がした。

「有難うございました」

「お大事に」

お礼を言ってその親子が遠ざかっていくのが分かったが、職員の「お大事に」という声がとても柔らかで心地よく、あの声の持ち主が診察してくれる医師かもしれない、と想像すると裕子も少し心がほぐれてきた。しばらくすると待合室のドアが開き、中年の女性が顔を出した。

「こんにちは。これから診察ですが、最初は美羽さんだけお入りください。あとで医師の方から説明がありますのでお母さんはここでしばらくお待ちください」

先ほどの声の主がこの目の前の女性だったと分かると、心地よさは肩透かしをくらったように消えた。

「では美羽さん。一緒に行きましょう」

美羽は無言で立ち上がるとその女性に連れられて待合室から出て行った。裕子は待合室で一人、玩具を見つめていた。

診察室に入ると美羽は女性医師と机を挟むように置かれている椅子に座るように促された。

「美羽さんですね。私は賀川といいます。これから少し美羽さんからお話を聞かせてくださいね」

美羽は用意された椅子に大人しくチョコンと座りながら、無言で頷いた。

「まず、お名前は？」

「美羽です」

「今、何歳？　誕生日はいつですか？」

「七歳、誕生日は……」

それから三十分程度診察が続いた。

診察が終わると、美羽はいったん外に出て、心理士と一緒に待合室とは別のプレイルームに入った。次に裕子が診察室に呼ばれるはずだ。本人の前で検査結果や診察の内容を聞かせるのはよくないので母子を分けると聞いていたからだ。

「では、こちらにお入りください。先生、美羽さんのお母さんです」

先ほどの女性が裕子を診察室に連れてきた。裕子が頭を下げながら入室すると、部屋の奥には机を挟んで白衣を着た女性医師がいて、裕子の目を見つめながら軽く会釈をしてきた。

「こんにちは。どうぞおかけください」

小さいが柔らかな心地のいい声で正面の椅子を勧められると、申し訳ない気持ちからか、ぎこちない動きで裕子は腰をかけた。

「失礼します」

診察机を挟んで裕子は相手と向き合うと、改めて女性医師の顔を確認した。

細面《ほそおもて》で髪は肩にかかる程度だ。年齢はおそらく三十代できっと自分より若い。生活感のある顔つきをしていて独身にも見えなくはないが、朝からすでにいくつも診察をこなしているからか、少し疲れているように見える。

「児童精神科医の賀川といいます。宜しくお願いします」

賀川が軽く頭を下げると、それにつられて裕子も頭を下げた。

「以前にも検査に来てもらい、また今日、美羽さんの診察をさせていただきました。これらの結果をお伝えしたいと思いますが、その前に改めて、お母さんが今、美羽さんのことで気になっていることをお話しいただいても宜しいでしょうか」

「はい。いっぱいありまして……」

裕子は既に心理士にも話したが、やはり自分の言葉で伝えるのが大事なのだろうと思い、これまでに美羽に対して溜まっていた不安やしんどさを次々に吐き出していった。賀川は口を挟まずひたすら裕子の話に耳を傾けた。そして時折頷いたり、相槌を打ったりしながら、時間が二十分過ぎた頃に一通り終わると、賀川は口を静かに開いた。

「これまでお一人でつらかったですね。これからどうしたらいいか一緒に考えていきましょう」

裕子は自分の話を否定せず最後まで聞いてもらった経験はこれまでにほとんどなかったかもしれない。心理士の須見に話を聞いてもらったときにも安心感があったが、賀川の佇《たたず》まいは温かさの上に力強さがあった。賀川に大切に接してもらったことは、裕子に母親といるような安心感を与えた。裕子の目が少し潤んでいた。それを見ながら賀川は用紙を示しながらゆっくりと説明した。

「では最初に美羽さんの知能検査の結果ですが……」

用紙には美羽のＩＱは92とあった。

「平均は１００ですので、この値であれば知的に明らかな遅れがあるとは言えません。ですので知能水準には大きな問題はありません」

それを聞いて裕子はいったん安堵したが、すぐに新たな疑問が湧いた。一体何が原因なのか。それはしばらくして判明する。

「ただ、知能検査の下位項目にワーキングメモリというものがありまして、この値が平均と比べて低いようです」

「ワーキングメモリは聞いたことがありますが、それが低いとどうなるのですか？」

「ワーキングメモリは心のメモ帳と呼ばれていて、一時的に物ごとを記憶しておく力です。少し例を出してみますね。お母さんも実際に体験してみると分かりやすいと思います」

「はい。分かりました。やってみます」

裕子は椅子にしっかり座り直した。

「では、今から言う数字を逆から言ってください。例えば、1、2なら、2、1です。ではいきます。3、7、4、9」

「ええっと、9、4、3、7でしたっけ？　あれ？　難しいですね」

「美羽さんはこれが特に苦手なんです」

裕子はハッと目を見開いた。

「あ、分かる気がします。いつも、何を話しても頭から抜けてしまうし、この前、家で数を数える課題をやらせたら、途中で〝やりたくない〟って机につっぷしてしまって」

「他にも前回心理士からもお伺いしましたが、授業中でも床に転がったりされているとか」

「そうなんです。じっと座っているのが苦手で」

その後も賀川とのやり取りが続いた。そして賀川はうんうんと頷きながら結論を決めたようだ。

「分かりました。これまでお聞きした経過や検査結果を総合しますと、注意の持続が困難、人の話が聞けない、先生の指示に従えない、順序立てた活動が苦手、外的刺激に注意が飛びやすい、といった特徴があります。でも知的に問題があるわけではないので、考えられるのは注意欠如・多動症という疾患です。一般的にはＡＤＨＤと言われています」

裕子は事前にインターネットで調べてある程度は何らかの障害の可能性を覚悟していたが、やはりショックだ。裕子はゆっくり頷いた。

「学校のコーディネーターからも同じようなことを言われたのですが信じたくなくて。でも今回、美羽はやはりそうなんだって分かりました」

「でも、まだ小学二年生ですし、今はＡＤＨＤの疑いとするのがいいと思います」

「疑い、ですか。正式に診断がつくのはいつ頃でしょうか」

「それはこれから経過をみてからでないと何とも言えません。もし宜しかったら学校側にも心理士の方から状態をお伝えするのも可能です」

裕子は大きく頷いた。

「はい。ぜひお願いします。先生にも分かってほしいです」

「では、学校側にもお伝えしますね。もしお母さんも同意されるなら、特別支援学級なども考慮されてもいいかもしれません」

「特別支援学級ですか」

「ずっとそこにいなければいけない訳ではありません。子どもの脳は可塑性《かそせい》があって可能性もあります。本人にとって一番いい選択を考えていきましょう」

賀川は数多くの子どもたちを診てきて、介入次第で大きく変わった事例を知っていた。それが力強い口調の裏付けになっている。そして美羽の病気を少しずつ受け入れていく中で裕子にも気付きが生じていった。

「ママ、うるさい！」

こう言われて、裕子はハッとした。これなんだ。私が美羽の失敗を頭ごなしに叱ってしまうことなんだ。その日は、美羽が珍しく食事の後片付けを手伝ってくれた。茶碗を両手に持って台所に運ぼうとしたので、裕子が声をかけたのだが美羽は無理をした。

「危ないから一個ずつにしなさい」

「大丈夫よ」

しかし返事に気を取られたのか、茶碗一つが下に落ち、音を立てて割れた。

「だから言ったでしょ！」

頭ごなしに叱らないように気を付けていたものの、つい声を荒らげてしまった。

美羽ができないのは決してふざけているわけではない。そもそもできないのだ。頭では分かっていても、つい余計な一言を言ってしまう。まだまだ難しい。でもこれまでの自分なら、どうしてこの子は、と落ち込んでいたが、今は少しだけ寛容になれる。

「ごめんね。美羽もお手伝いしようとしてくれたんだよね」

「私もごめんなさい。これから気を付ける」

裕子が叱り方を意識し始めてから美羽も若干素直になった気がする。時間はかかりそうだが焦らず美羽に寄り添っていこう。そして次の診察で賀川先生に報告しよう。裕子はそう決めた。


最初の受診の後は、月に一回、裕子と美羽の二人で賀川の診察室に通うことになっていた。ただ美羽のことというより、裕子自身のカウンセリング的な意味合いの方が大きい。賀川はこれまで裕子を否定したことはない。裕子の話を傾聴し続けた。

診察の時間は毎回三十分であったが、最初の十分程美羽の話を聞いた後、美羽は別室で若い心理士の女性と遊んだ。残りの時間、賀川は裕子から美羽の様子や家庭の状況を聞いた。

「その後、調子はいかがでしょうか」

「相変わらずですね」

「そうですか。毎日お疲れさまです」

いつも定番の出だしだ。ここは病院ではないので天井は高くゆったりした作りで床には絨毯が敷かれていた。最初の受診時と大きく変わったのは裕子が座るソファー。初回は、裕子は丸椅子に座らされ、硬いスチールの机を挟んで賀川と向かい合って説明を受けた。だが今は、部屋の窓のそばに、賀川と九十度の角度で窓の外に向かって置かれた、程よい弾力のソファーに座っている。窓からは中庭に植えられたシマトネリコの樹冠が、風で大らかに揺れる様子も見ることができた。

リラックスできて初めて本音も言える。環境はとても大切だ。そのため賀川が自ら提案して、診察室にソファーセットを置いた。このソファーに座っているだけでも癒されるし、大切にされていると感じる。心だけでなく身体で受け止めながら裕子はこの一か月にあった出来事を賀川に話した。

「毎朝、美羽に怒鳴ってしまって」

「その気持ち分かります。私もよく怒鳴っていましたよ」

「もちろんありますよ。そのたびに落ち込んでしまって」

「賀川先生も？」

賀川は自分のこともよく話した。上級医から、患者には自分のことを開示するべきでないと教えられてきたが、本当にそうなのかいつも疑問だ。これまでの経験上、自分のことを話した方がたいてい患者との関係は上手くいったし、患者もよくなっていくのを実感していたからだ。


裕子にとっても、患者でなく一人の人間として自分を受け入れてもらう経験は初めてであり、受診の後の心地のよさはいつも裕子の期待を裏切らなかった。両親が近くに住んでいるとはいえ、離婚後はほぼ一人で美羽を育ててきた。美羽に何か問題があれば両親からいつも裕子が責められ、周りに誰も理解者がいなかった。シングルマザーだから十分に子育てができないと思われるのも嫌だし、そんな言い訳もしたくない。美羽の育てにくさは生まれつきであって、賀川から「これは育て方の問題ではありません」と言ってもらえ、他の子よりも育てにくいことも教えてもらった。賀川はそのあたりもよく察していていつも裕子の奮闘を労《ねぎら》ってくれる。欲しいのはアドバイスだけではない。理解者と労《いたわ》り、そして共感なのだ。裕子にとって毎月の診察で貰えた言葉の一つ一つが日々の生活ルーチンの支えにもなっていた。

しかし別れは突然やってきた。

「望川さん。誠に申し訳ないのですが実は色々と事情がありまして、三月末でここを退職することになりました。ですので今日が最後の診察になります」

「ええ！　そんな急な」

裕子は大声で叫びそうになった。

「本当にすみません」

賀川も言葉に詰まったようだ。まさかという思いが全身を襲う。でも賀川がどこに行こうが裕子は付いていこうと思った。

「どちらの病院に行かれるのですか？」

「それがまだ決まっていません」

そのどうしようもない回答に裕子はさらに落胆したが、実は賀川の心の奥に秘めた無念さも同様であった。

「ずっと支えてもらっていたのにショックです」

「私もずっと診させていただきたかったのですが、家庭の事情がありまして」

そういえば、賀川は憂い顔をときどき見せていた。裕子は今日部屋に入ったとき、賀川がその憂い顔だったことを思い出した。誰であっても複雑な事情があるのだ。そう思うと賀川への感謝を表すにはそれ以上は何も聞かない方がいいと考えた。

「これまで本当に有難うございました。次の病院が決まったら、是非教えて下さい。賀川先生もどうかお元気で」

「はい。有難うございます」


診察室を後にした裕子は、もうすぐ小学三年生になる美羽と、トボトボと駅に向かって歩き始めた。これから襲ってくるだろう徒労に立ち向かえるだけの気力は自分にあるだろうか。でも不思議と沸々と新たな希望が生じてくるのも同時に感じていた。今度こそ美羽としっかり向き合っていける気がする。自分が賀川医師からしてもらったように今度は自分が美羽にしてあげる番だ。みんないずれ変わっていくんだ。とりあえず余計な小言は言わず優しくなろう。そう心に決めて、隣を歩く美羽の小さな手を握った。

＊＊＊＊＊

桃子が買い物から帰ってくると、美羽の部屋のドアが半分開いていて、

「林さん。こんにちは」

と声をかけられた。半分開いたドアをのぞいてみると、美羽が玄関に座っていた。その右足にギプスがしてある。

「どうしたの？　足」

桃子はギョッとしたが、美羽はニコニコしながら松葉杖を得意げに見せた。

そのとき部屋の奥から裕子の声がした。

「美羽、早く準備しなさいね」

「はーい」

裕子と桃子はどこかに出かけるらしくせわしない。

「今、学校でね、車いすなの」

何があったか分からないが学校で先生に特別扱いしてもらっていて、それが嬉しいようだ。松葉杖の理由も話したそうにしていたが、裕子から急かされ、結局、分からず仕舞いで、美羽はドアを閉め桃子の視界から消えた。

美羽の松葉杖に悲痛な感じはなくむしろ裕子との生活も落ち着いているように見える。それがいっそう桃子にこの親子のぎこちなさを感じさせた。桃子が虐待を確信したのはこのときだった。裕子に蹴られて、骨折したのだ。きっとそうだ。このまま放置すると美羽は命を落とすかもしれない。桃子は自宅に帰り、スーパーのレジ袋を冷蔵庫の横に投げるように置くと、すぐに書斎に向かった。そしてパソコンで虐待の通報先をネットで調べ直した。「１８９」で児童相談所虐待対応ダイヤルの番号は知っていたが再度確認するためだ。「１８９」で間違いない。桃子はスマホを取り出した。

しかし、いざ「１８９」を押そうとすると桃子に迷いが生じ始めた。私が通報したことがバレないだろうか。近所からの通報だと裕子が知ったら真っ先に私が疑われるかもしれない。もし間違いだったら、ずっと恨まれるかもしれない。いや間違いでなくても恨まれるに違いない。どっちにしてもこのマンションにも居づらくなってしまう。それに美羽が骨折した確証はない。私が勝手にそう考えただけだ。確かに美羽は嬉しそうだった。いくら学校で特別扱いされるからといって、裕子から暴力を受けて嬉しいはずはない。やはり私の早とちりか。でも万が一そうでなかったら。

何度も頭の中でこの自問自答を繰り返しながら部屋の短い廊下を往復していた桃子は突然立ち止まった。

〝そうだ。もう三日間だけ観察してみよう〟

その晩から、望川親子を以前にも増してじっくり観察するようになった。そう見ていくと次第にその変化に気づいてくる。そういえば朝の裕子の怒鳴り声も美羽の泣き声も最近は聞かない。それに、裕子が美羽を学校に送り出すときはこれまで聞いたことがないような優しい声かけをしている。美羽も嬉しそうにそれに応えている。美羽の髪も綺麗にとかれている。

桃子は二人の変化に違和感をもちつつも、ひょっとして本当に怪我《けが》をしただけなのではないかと思えてきた。では、いったい何がこの親子を変えたのか。誰かがこの親子に手を差し伸べたのかもしれない。桃子は二人の変化は誰の何によるものなのかと考えながら、自分にもできる手助けはないかと思った。

専門家である星口にこの親子のことを相談できないだろうか。了承さえもらえれば、ドキュメントとしてこの親子をもとに何か原稿を書いてみることもできる。最近、虐待する親への支援として、どこかのＮＰＯ団体が行っている親子の再統合のためのプログラムが新聞で紹介されていたが、それを絡めて記事を書いてみるのも悪くない。今後、あの親子の経過はどうなるか分からないが、これからも隣人として、ライターとして関わっていきたい。

そう思い立つと、その旨を出版社の上川編集長にメールしようと桃子は机のパソコンに向かった。

しばらくして上川から返信がきた。そこには、社内で検討するので、とりあえず企画書を作って欲しい。担当に望川という編集者をつけて相談するので彼女にもＣＣでメールを送って欲しい、と書いてあった。

第3話　香織《かおり》のストーリー

賀川香織《かおり》は児童相談所に勤務する児童精神科の医師だ。同じ医師で夫の洋平《ようへい》は香織と大学の同級生でもあり、現在は大学病院に勤務する臨床医である。夫婦で医師というのは世間的には珍しいかもしれないが、医学部や病院以外になかなか他職種の異性と知り合う機会の少ない医師にとって、同級生や研修医時代の同僚が結婚対象となることは決して少なくない。二人はお互いが研修医時代の二十六歳のときに結婚し、今、小学三年生の長男・湊《みなと》がいる。夫婦とも二人目が欲しいと思い、次は女の子を望んだが、なかなかできず、そうこうしているうちに香織の病気のために断念した。

香織は国立大学医学部を卒業後、大学病院で二年間研修医として勤務したのち、出産して育児をしながら、精神科医としていくつかの精神科病院で勤務してきた。幼児から高齢者まで一通りの症例を経験し、その中で特に児童に興味が向き児童精神科に進むことにした。その後は発達障害や被虐待児のトラウマ治療への関心が強まり、そういった事例が集まってくる児童相談所を勤務先に選んだ。昨年の九月に癌《がん》の手術を受けてからは常勤の勤務から週三日の非常勤に変えてもらって今に至る。

一方の洋平は研修医を終えた後は内科に進み、市中病院で循環器内科医として臨床経験を積み八年ほど経ったが、あまりの激務に体調を崩し、今後のＱＯＬ（生活の質）を考え、香織と同じ精神科に変わることを決め転科した。精神科の基礎的な知識を得るために再度母校の大学病院で研修医に交じって勤務し始め、もうすぐ二年だ。

香織は児童相談所に勤務する医療職なので、身分は非常勤の地方公務員に相当する。非常勤になる前は週に四日、児童相談所内で業務をこなし、一日はかつて勤務していた民間精神科病院で診察業務を行っていた。児童相談所での仕事は子どもの診察と保護者への助言、児童福祉司への助言などである。子どもの診察は発達上の医学的診断と、それに基づく見立てであるが、時に、被虐待児への医学的なアセスメントもあった。児童相談所では病院外来のように投薬や入院を伴ったような継続した治療はできないが、親子が最初に相談できる場としては、公的な機関でありハードルも低いため学校からの紹介も多い。

ただ実際に児童相談所で働いてみると、これまで勤務してきた精神科病院とはあまりに異なり、香織も最初はかなり戸惑った。概して精神科病院は、慢性期の患者が多く、動きがほとんどない。精神科医を志す医学生は近年増えているが、医師になって最初に精神科病院で勤務してみると、こんなはずではなかったとショックを受けることも少なくない。心の問題を扱うので患者へのカウンセリングや人生相談をイメージする医学生も多く、香織も最初はそう思い精神科医を志した。しかし精神科病院に多く入院している慢性期の統合失調症の患者は会話らしい会話ができないケースも多く、いったい何のために治療をしているのかと、香織も当初は悩んだ。自分の子育て経験から小児科にも興味がでてきたので、精神科に進んだことを後悔もしていたのだ。しかし、ある精神科の先輩医師と雑談していたとき、その医師から言われた一言で精神科への考え方が少しずつ変わっていった。

「精神科の患者さんは完全に治る人ってほとんどいないですよね。とても不全感があります」

「では賀川先生は精神科医の役割は何だと思う？」

医師になるまで無我夢中で医学を勉強してきたこともあり、逆にシンプルな問いで香織は返答に戸惑った。内科医や外科医であれば患者の身体の病気を治すことであるが、精神疾患は完全には治らないことも多く、そう考えると確かに精神科医の役割は何だろうか。

「患者さんを少しでもよくしてあげて社会に復帰させてあげることでしょうか」

「違うよ。精神科医の役割は患者さんに天寿を全うしてもらうことだよ」

最初にこう言われたときは違和感があり、香織は全く賛同できなかった。単に生き長らえさせること？　それは患者を軽んじているのではとさえ感じた。しかし精神科病院への勤務を続けるにつれて、次第にこの言葉の意味が分かってきたのだ。統計上、精神疾患のある人には自殺者が多い。そのため、自ら命を絶たないように天から与えられた命を全うしてもらうために支援する存在、それが精神科医なのだと考えると先輩医師の言葉が妙に腑に落ちた。

でもそう考えるだけでは精神科医をずっと続けるモチベーションにはなかなかつながらないのも事実だ。やはりやる限りは少しでもいい状態で社会復帰させてあげたい。しかしそれもなかなか叶わない。それだけ精神科は他の科と比べて特殊なのだ。そんな煮え切らない状況の中、精神科外来で、ある少女と香織は出会った。その出会いがきっかけで香織は児童分野の精神科こそ自分の進むべき道だと悟った。その少女は当時香織の勤めていた精神科病院の初診患者だった。

ある診察の日のことだ。マイクを通してその患者の名前を呼ぶと、診察室のドアが勢いよく開くなり、怒ったような顔で一人の少女が入ってきて、何の挨拶もなくこう言った。

「私を診る自信はある？」

まだ精神科外来を始めて慣れていなかった頃だ。彼女の意図を測りかねていると、

「自信がないなら止めるわ。私、真剣だから」

と香織を睨みつけてきた。その少女は女子高に通っていたが、同級生とうまくいかず不登校状態であった。香織はまだ経験が浅く、診る自信はほとんどなかったものの、圧倒され正直に無理だとは言えなくなってしまった。それから外来は彼女との格闘で、毎回、香織に高圧的な口調で迫ってくる。そんなに自分のことが嫌なら他の外来を選べばいいのではないかと香織は思ったが、後から思うと自分を見捨てないかといった試し行動でもあったのだ。

「先生は結婚してるの？」

「個人的なことは言えません」

そう香織が答えると彼女も反応した。

「だったら私も何も言わないわよ。私だけ話してずるいよ」

つい先日も先輩医師から、精神科医は自分のプライベートなことを患者に話してはいけないと注意されたばかりであったが、この少女にはそれでは通用しないように香織は感じた。よくよく考えてみると医師と患者の関係だからといっても同じ人間どうしだ。いくら治療だからといって一方が頑なに壁を作って信頼関係など成り立つのだろうか。そう考え直すと、香織は自分のことも差し障りのない範囲で話すことに決めた。

「結婚していますよ」

「そうなんだ。夫とはうまくいっている？」

「いっていますよ」

「へー。いいな。うちの親は仲が悪いよ。喧嘩ばっかりしてる」

香織が自分のことを話すと彼女も少しずつ自分の家族のことを話すようになった。しかし、拒食のためどんどん落ちてくる体重、左腕には夥《おびただ》しいリストカットの痕、外来回数を重ねていくうちに少しずつ心を開いてきてくれたと思った矢先の処方薬の過量服薬。そうした事実に触れるたびに香織は振り回され出口が見えなくなった。ところが外来を始めてから半年後、その日は彼女の機嫌はよかった。

「私、もう大丈夫だから。学校も行けるよ」

少し無理に作った笑顔だった。でも最初に態度が大きかった頃よりはかなりよくなっている。何が奏功したのか分からなかったが、とりあえずは学校に行けるならと、香織も安堵した。そして、しばらくして少女の通院が突然途切れた。

外来に来ないのは高校でうまくできているからだと香織もポジティブに考え始めたところであった。通院が途切れてから四か月後、少女の母親と名乗る人物から外来に電話があった。

「賀川先生。実は娘が窃盗をやって警察に逮捕されまして。今、少年鑑別所に入っているんです」

詳しく聞くと、通院中からずっと窃盗を続けていたらしい。香織の前ではきっと彼女なりによく見せようとしていたのだ。自分はこれまでいったい誰と向き合っていたのだろう。虚《むな》しさだけが残った香織は精神科医としての自信も失いかけていた。

その後、鑑別所から香織に意見書が求められた。通院中の様子と今後の見通しについてだ。その内容によっては少年院送致になる可能性もあった。少年院送致になるのが悪い訳ではない。彼女が更生できる最後の機会になるかもしれない。でも香織は、「これは自分の責任だ。今度こそしっかりと彼女と向き合いたい。自分が外来で面倒をみるから少年院でなく、もう一度彼女にチャンスを与えてほしい」そう願って意見書を書いた。

それがどこまで影響したかは不明だが、彼女は少年院に行かずに済み、再び香織の外来に通うことになった。もちろん彼女の母親も喜んだし、さすがの彼女も涙を溜めながら、香織に初めて感謝と謝罪の言葉を伝えた。それから紆余《うよ》曲折《きょくせつ》はあったが、少女は違う高校に転校し大学受験にも挑み、今は何とか大学生になって頑張っている。

香織はそのとき、思った。精神科は慢性期疾患の患者の天寿を全うさせるだけではない。患者の人生のとてもしんどい時期を共有し、関わり方次第で相手の人生を大きく変えることもできる。子どもや若者は特にそうだ。これが自分のやりたかったことだ。

それから香織は児童分野に進むことにしたのだった。

児童相談所に勤務することにしたのは児童分野でもさらに児童虐待や発達障害といった特定領域を専門にしたいという意志が固まってきたからであるが、香織の信念は、子どもが社会で自立してやっていけるよう橋渡しをしてあげることが大人の役割だ、ということだ。親が学校にクレームをつけたりすることでは何も解決しない。社会に出れば上司は選べないので、子どもの頃から多少理不尽なことがあっても対応できる力を養うことが大切なのだ。そんな香織を慕う保護者も多く、児童相談所からもいい人が来てくれたと感謝された。非常勤に変わってからも香織はその分、集中して仕事に取り組んだので相談業務に支障を来たすことはなかった。

洋平は医師になって十四年目で、循環器科の専門医の資格も持っていたが、精神科医としてはまだ新米だ。だから転科してからは研修医らと机を並べて大学病院の精神科病棟で臨床を学んでいる。

「賀川先生は結果を早く求めすぎる」

と精神科の医局長は洋平に苦言を呈したが、これまで循環器科で一刻を争うような疾患に向き合ってきた洋平にとって、精神科は時間が止まったようであり、なかなかついていけなかった。ただ身体疾患を伴った精神科患者も多い。そんなとき洋平の身体管理の知識や手技はとても重宝された。摂食障害患者への中心静脈栄養ルートの確保や咀嚼《そしゃく》機能が落ちた患者への胃瘻《いろう》の造設など、精神科医は慣れていないので自信がもてないのだが、洋平からすると朝飯前の処置だった。これまでは他科の医師に手技を頼むことがほとんどであったが、洋平がきてからは科内でできるようになった。

共働きのため昼間は夫婦とも家にいないので、小学校に上がってからは、湊は家の近くにある学童保育に通っている。香織の職場の児童相談所での医療職は、残業はほぼなく十八時半頃には帰宅できたので、寂しい思いをさせていると感じることはあまりなかった。洋平と香織は息子にもやはり医学部を目指して欲しいと、小学三年生になってから週に一日、二つ隣町の大手予備校系列の進学塾に通わせている。しかし最近、湊の様子には気になるところが多くなっていた。

「お母さんが仕事で家にいられなくてごめんね。学童はしんどくない？」

塾のない日、学童保育から帰ってくると、湊は香織が帰るまで家で留守番をしている。そんな湊を気遣って、香織もできるだけ早く帰宅したが、学童保育に行っていても三十分から一時間程は湊一人になってしまう。

「うん。いいよ。学童は楽しいよ」

実は、湊は学童保育にあまり行っていないことを香織は知っていた。学校が終わるとそのまま家に帰ってテレビを見たりゲームをしたりして過ごしているようなのだ。やはり学童保育は疲れるのだろう。香織は湊の気持ちをできるだけ尊重したかったが、小学生の子どもが一人で家にずっといるのも不安だ。

それに湊の勉強への距離の取り方も香織の気がかりで、勉強よりもゲームをしたり、絵を描いたり、遊んでばかりいる。塾の勉強にもなかなかスイッチが入らないし、このところずっと成績が芳しくない。また、学校での生活態度にも問題があるようで、担任から連絡が入ることもしばしばだった。香織は子どもの発達については専門家の立場だ。しかし、わが子のことになると、なかなか客観的に判断することは難しい。何か外的要因があったのか、たまたまそのとき機嫌が悪かったのか、などと自分の疑念に蓋をしてしまうことも度々だった。

＊＊＊＊＊

香織の病気が分かったのは一年前の夏のことだ。不正出血はその少し前から続いていた。おそらくストレスからではと思っていたが、病院が閉まってしまうお盆期間はずっとそのことが気になってしまい、お盆休みが明けてからすぐに婦人科を受診しようと決めていた。どの病院がいいのかインターネットを駆使して調べてみると、家からも比較的近くにある民間の川陽山《かわようざん》病院の婦人科は女性医師もいて評判がとてもいいようだ。女性医師の名前を見ると、白下《しろした》あゆみとある。ひょっとして大学の一学年上だった先輩ではないかと香織は思い当たった。直接の面識はないが、かつて友人から姉御肌で人望がある人だと聞いていた記憶も蘇った。

「いいんじゃないか。同じ大学の後輩って分かったらきっと丁寧に診察してくれるよ」

洋平の言葉にも押されて、香織も白下医師の外来を受診することに決めた。

白下あゆみは、川陽山病院で婦人科医として活躍している。あゆみは母を卵巣癌で早くに亡くした。腹痛を訴えた母であったが近所の医院で癌を見落とされ、大きな病院を受診したときには既に手遅れであった。それをきっかけに医師を志し婦人科医になったのだ。あゆみは香織が自分の大学の後輩と知ると、歓迎してくれ、香織もこころもち丁寧に診察してもらえた気がした。結果は一週間後、伝えられることとなった。

翌週、香織は再び病院を訪れた。結果は予想に反し残酷すぎた。香織は繰り返し自問自答していた。

「どうして私なの」

婦人科診察室でのあゆみの言葉がその後も幾度も頭の中を駆け巡っている。せいぜいストレスが原因かと軽い気持ちで婦人科を受診した香織を打ちのめした。あゆみは画像を丁寧に見せながら香織に伝えてくれている。

「細胞診の結果、残念だけどＩｂ２期の子宮頸癌だったわ。でも今の段階で手術をすれば安全に取り除ける可能性は高いと思う」

親身になってくれているのは分かったが、あゆみの言葉が香織の胸をえぐる。それは子宮の全摘出を意味した。誠実に告知してくれた分、自分は嘆くしかすべがない。医師として冷静に受け止めたつもりだが、香織にとっては二重の打撃だったのだ。

その晩、夫の洋平には同じ医師として冷静に診断の結果を伝えた。

「子宮頸癌だったわ。Ⅰb2って」

「え！」

「手術も早めに入れてくれるみたいで来月の初めになりそう」

「どこまでのオペ？」

「全部」

涙をこらえ苦しそうな香織の顔を見つめながら、香織の身体のことよりも先に、二人目を断念しなければいけないことが洋平の頭をよぎった。それを悟られぬように洋平は言葉を選んだ。

「もう仕事は減らした方がいいよ。非常勤に変えてもらってもいいんじゃない？」

「うん。白下先生は術後もしばらくは放射線治療が必要と言ってたから、仕事はできる範囲にしようと思う」

「その分、僕が頑張って稼ぐよ」

「有難う。ごめんね。二人目は結局無理だったわ」

「そんなことよりも香織の身体の方が大切だよ」

洋平の言葉は弱っていた香織に力を与えるまではいかなかった。洋平も決して余裕があるわけではない。洋平が新しい精神科の勤務先でうまくいっていないのは知っている。これ以上、洋平にも心労はかけられない。ただただ、はやく病気を治さなければと思っていた。

＊＊＊＊

湊の担任の田上《たがみ》はまだ教師になって二年目で若く、正しいと思ったことははっきりと言うタイプだ。同級生が少しずつ落ち着いてくる中、田上からはよく電話がかかってきていた。特に小学三年生になって同級生に暴言を吐いたり、手が出たりと、問題行動がたびたびあり、その都度、田上から連絡があったのだ。小学二年生までも集団行動は苦手で、かんしゃくをよく起こすと言われてはいたが、同級生に手を出したのは担任が変わってからであり、当初、香織は田上の指導力のなさが原因なのだと思って半信半疑で聞いていた。でも、確かに三年になってから、家で宿題をさせても集中力のムラが激しく、やるときはやっても、調子がのらないとまったくやらない。ゲームをさせると何時間もやって止められない。テストの点も取れていない。友だちとのトラブルも多く、家に連れてきて遊んでいても急にキレて相手に嫌な思いをさせることもある。田上は子どもたちや他の保護者からの評判はよく、やはり湊の方の問題かもしれないと感じ、一度、田上と会っておくべきだと判断したのだ。

仕事を調整し、香織は一人で学校に出かけた。これまで仕事の関係で他の学校に行くことは多かったし、湊の通うこの学校も、入学式や参観日、運動会、音楽会などで何度も来ていたが、個人的な用件で学校に行くのは初めてなので香織はやや緊張していた。事務室で声をかけると、事務員から「部屋が校長室しか空いてなくて、大そうになってすみません」と説明された後、校長室に通された。校長は不在であったが、広い校長室には来客用のソファーが置いてある。そこで外部からの客や保護者との面談を行うことも多いのだろう。

事務職員からソファーに座って待つように言われると、香織は硬くなって浅く腰かけ、部屋の壁を眺めていた。校長室に入るのは始めてだ。歴代校長の写真が額に入れて飾られている。左の方から時代順に並べられていて一番右端が今の校長だ。一番左端は昭和の初め頃か、白黒写真で髭を生やして怖い顔をしている。昔は校長の威厳も今とは比べ物にならなかったのだろう。

しばらくすると入り口の方からゴロゴロというドアを開ける音とともに田上が入ってきた。

「こんにちは。お待たせしました」

「あ、先生。お忙しいところすみません」

以前、この田上と会ったのは保護者会のときだ。でもそのときは教室でほんの少し話しただけだった。だから向き合ってじっくりと話したことはない。参観日などで遠目に見ていると頼りなさそうに見えることもあったが、こうやって直接向き合ってみると自分よりも年下なのにずっとしっかりして見える。肌艶もよくエネルギーに満ちている。

田上は言葉を選びながら話し始めた。

「お母さん。家での湊くんの様子をお聞かせください」

「はい。電話でもお話しした通り、最近特に気分のムラが激しいんです。家では何とかコントロールはできているのですが、学校でご迷惑をおかけしていないかと」

学年の最初に提出した家庭連絡票の緊急連絡先から、父の洋平が医療機関で働いていることは田上には伝わっているはずであるが、香織は携帯電話の番号を記しただけで、児童を専門にしている精神科医であることは学校側にはこれまで一度も言っていない。担任になった先生が気を遣い客観的な情報を聞き出せないと思ったからだ。

「お母さんの気にされることはよく分かります。同級生とのトラブルがやはり多いですね。友だちが親切に注意してあげても急にキレて暴言を吐いたり。あと、勉強はできるのですがたまたま勘違いで自分だけが間違ったりすると、ワーッと大きな声を出したりしたこともありました。学校でも嫌だと思ったら授業中でも立ち歩いたりすることもあります」

「立ち歩きもあるのですか」

香織は、湊の立ち歩きを初めて聞いた。学校の様子は分からないだけに、その状況はショックであった。

「忘れ物もときどきありますね。水筒とか給食セットとか」

香織は自分が責められている気もしたので、慌てて付け足した。

「はい。それもありますが、この前、ランドセルを忘れて帽子だけで学校から帰ってきたことがありました」

「ああ。そういえばそんなこともありましたね」

「それで最近は、僕なんて……って自信がないようなのです」

それを聞いて、田上はやはり勧めた方がいいと考えたようで、じっと香織を見つめるとゆっくりと提案した。

「湊くん、念のため、一度、町の教育センターで発達検査を受けられたほうがいいかもしれません」

もちろん田上からそういうことを言われるだろうことを予想はしていたが、実際に言われると否定したい気持ちも出てきた。でも田上がそこまで言う根拠も専門家として知りたい。

「田上先生は、湊に発達障害のようなものがあると感じますか？」

「私は専門家ではありませんので、発達障害かどうかまでは分かりません。でも他のお子さんと比べて気になる点は幾つかあります。苦手なところが検査で分かれば、どう対応すればいいか分かるかもしれません」

慎重に言葉を選びながらもその先も見据えてくれている田上に、香織は自分を重ねた。もちろん田上の言うとおりだ。香織だって仕事ではそう言っている。それに複数の児童をみている田上は、その中でやはり困難を抱えている児童を見分ける能力は自分よりも高いはずだ。

でも万が一、湊に何らかの障害が見つかれば特別支援学級への通級になるのだろうか。自分の専門であるだけに、香織は黙った。湊は、勉強はできるが対人関係は苦手だ。他人からも何か言われそうなことは十分に予想していたことでもあった。湊は小学校に入ってから集団行動が苦手で、感情のコントロールもできず、かんしゃくをよく起こすとこれまでの担任から聞いていた。家でもマイペースでこだわりが強い。だから客観的に見れば自閉スペクトラム症の可能性があることは否定できない。もし湊が自分の子でなければ、香織も間違いなくそう診断していただろう。でも湊は自分の息子だ。きっと学校の環境がよくないせいだ、何か理由があるせいだ、とずっと自分をごまかしてきた。

今回、田上からはっきりと検査を勧められたことで、もちろん抵抗感はあるものの、やはりそうか、と思ったのは事実だ。それに検査することで何らかの解決の糸口が見つかるかもしれない。

「分かりました。検査だけでも受けておこうと思います」

「ご理解いただき有難うございます。では予約を入れておきますね」

田上は肩から力が抜けたように一息つくと、用紙に記入し始めた。香織は、自分の職業を知らないはずの田上に、人の子どもばかり見ていないで自分の子どもをちゃんと育てろ、そう言われたような気がした。

洋平の両親・勲《いさお》と和子《かずこ》には湊が小さい頃、よく面倒をみてもらった。香織が昨年の九月に手術をしてから仕事を減らして昼間に家にいることが増え、和子とはよく会うようになった。和子も気を遣ってくれ、細々としたことで支えてくれている。

和子には子どもは洋平だけだったので、思春期を迎えた洋平に、よくこう言ってぼやいていた。

「男の子ってつまらないわね。何も話してくれないし。友だちの娘さんなんて、いつも学校であったことを話してくれるって。それに一緒にお買い物したり、料理作ったりして羨ましいわ」

女の子が欲しかった和子がそう言うと決まって夫の勲は、

「子どもを授かっただけでも有難く思わないと。な、洋平」

と和子を窘《たしな》めたが、洋平は子ども心に申し訳なく思っていた。だから香織という義理の娘ができ、和子と仲良く過ごしてくれているのを見ると、親孝行ができたと嬉しかった。香織にとっても自分の両親は遠方に住んでいたので、近くにいていつも温かく迎えてくれる和子は安心で頼りになる存在だ。

常勤で仕事をしていたときはそもそも時間がとれなかったが、非常勤になってからは、和子とときどき一緒に出かけるランチも楽しみだ。病気になったことで仕事を減らしていたものの術後の経過もよく、これまでとは違った生活もでき、自分を襲った病気のことや湊のことも色々とあるが、少しでも自分の人生を前向きに受け取ろうとしていた。


その日も近くの飲食店にランチに出かけたが、和子から妙なことを聞いた。

「最近お父さんが変なことを言いだしてね。昨晩ね、さっきいた女の人はもう帰ったの？　って。誰も来てないのに」

「ええ！　それ怖いですね」

「今日、誰も来てないわよって言うと、バカにしてるのかって怒りだしてね」

普段は穏やかな勲が怒りだしたのだからしっかり見えていたのだろう。しかし、和子の言うように誰も来ていなかったのだろう。香織は、認知症のあるタイプでは幻視があることを思い出した。

「それでその後、どうされたのですか？」

「怒って、もう今晩はご飯食べないって拗《す》ねてしまって。でも寝る前になって、お腹空いたけどご飯は？って聞いてくるからおかしくて」

和子は笑いながら話したが、香織は笑えなかった。勲はもう七十八歳だ。認知症になっても不思議ではない。

「お母さん、それってひょっとしたら認知症の可能性もあるかも。念のため一度、病院で診てもらってもいいかもしれませんね」

「あら。認知症？　それは大変だわ」

和子は真剣に取り合わなかったがそんな楽天的なところも取柄である。その晩、香織は洋平にも和子の話を伝えたが、洋平は笑いながら、

「認知症？　疲れてるんじゃない？　オヤジは昔からそんなところがあったよ。とりあえず様子を見ようよ」

と流した。

しかし、勲の奇妙な言動は続き、日に日にひどくなってきたと、今度は和子の方から香織に相談してきた。

「香織さん、お父さん、やっぱり心配だから一度診てもらった方がいいと思うの。どこを受診するのがいいかしらね」

楽天的な和子から言ってくるのだからそのひどさが目立ってきたのだろう。

「それでしたら私の通院している川陽山病院に認知症外来がありますよ」

「じゃあ、そこで一度診てもらったらいいわね。でもあの人、素直に受診するかしら」

実際、認知症は本人が自覚していないことが多く、受診させるのが難しいこともある。香織も術後の経過観察で川陽山病院に通院しているので勝手はよく分かっている。

「私も一緒に行きましょうか」

「そうしてくれたら助かるわ。香織さんの前だと別人だからね」

「じゃあ私が電話して予約できるか聞いてみます」

「有難う。洋平は仕事ばっかりで当てにならなくて」

そう言われて香織も悪い気はしなかった。確か、川陽山病院の認知症外来は大学病院から専門医がきていて評判がいいと聞いている。香織はさっそく病院に電話をかけ初診の予約を問い合わせると予約は比較的早めに取れ、電話から二週間後の受診になった。あとは勲にどう伝えるかだ。香織が脳卒中の予防検査だと説明すると「それなら行く」と快く受診を了解してくれた。実際、同じ脳の検査なので似通った部分は多いのだ。

受診の日、川陽山病院には勲、和子、香織の三人で出かけた。勲の順番がくると、和子だけが一緒に診察室に入った。香織がいると勲が何かしらの気を遣ってしまうのと、最初から和子が医師の香織に勲のことを任せないようにと思ったからだ。やはり和子に当事者意識をもってもらう必要があると考えたのだ。

診察室では四十代くらいの男性医師が正面に座っている。予診の段階で受付の看護師に本人には真の目的は話していないことを伝え、医師に配慮してもらえるようお願いしてある。

「賀川さんですね。医師の須元《すもと》です。今日は脳の病気を予防するための検査を色々としていきますね」

「調子はいいんですが、家内が行けって言うもので」

勲は愛想よく答え、和子は安心した。もともと勲は、外面はよい。

須元は淡々と診察を進めていく。これまでに大きな病気をしたことがないかなど一通り問診した後、

「では、これから色々質問しますので答えてください。今日は何月何日ですか？」

と勲に聞いた。

「えっと、おい、今日は何月何日だったっけ？」

唐突に聞かれ勲は和子の方を振り向く。

「あ、奥さんには聞かないでご自身でお答えくださいね」

「すみません……えっと、何月だったかな……分かりません」

焦った勲であったが最後は諦めてあっさりと答えた。

「いいですよ。では次にいきますね。これから言う言葉を覚えておいてください」

その後も質問が続いた。後ろで聞いていた和子にとっては簡単な記憶の課題ばかりだったが勲は苦戦している。和子はここまで夫が答えられないことに驚

き、そしてこれからのことが不安になっていった。診察の後、頭部ＭＲＩの検査も受けたが、結果は一週間後に家族だけが説明を受ける予定だ。すべての検査が終わり診察室から出てきた和子の顔には疲労感が見えるも勲は上機嫌だ。香織はそんな二人のギャップを見てあまりよい結果でなかったことを感じた。

「お母さん、どうでした？」

「びっくりしたわ。お父さん、ほとんど答えられなかったわ。結果は一週間後ですって」

症状の深刻さの割には、話しながら次第にいつもの笑顔を取り戻していく和子を見て、これまで生き抜いてきた和子の力強い生活力を香織は感じ取った。


一週間後、家族への説明には和子と一緒に洋平と香織も同席した。症状の深刻さから和子だけで今後のことを判断させるのはもう無理だと洋平とも話しあったからだ。和子が須元に二人を紹介した。

「長男の洋平と嫁の香織です。結果を一緒に聞きにきました」

二人が医師であることは須元には黙っていた。

「分かりました。少しでも多くのご家族と共有していただいた方がいいでしょう。検査の結果ですが、ご主人はレビー小体型認知症と思われます」

「レ、レビー？」

和子は聞いたことのない病名に戸惑ったが、精神科医の香織にとっては馴染《なじ》みのある病名だ。

「三大認知症の一つで、一番多いのがアルツハイマー型で約半数を占めます。二番目に多いのがレビー小体型で約二割おられます」

和子は、ある程度は覚悟はしていたものの、はっきりと認知症の一つであると言われたことで、やはり動揺は隠せない。

「そうだったのですね。原因は何なのでしょうか？」

和子の後ろに座っていた洋平が和子に分かるような説明を促す。

「脳にレビー小体というたんぱく質のかたまりができていて、それが神経細胞を壊してしまうのです」

「どうしてそんなかたまりができるのですか」

「それはまだはっきりと分かっていません」

今度は香織が聞いた。

「どのくらいまで治せるのでしょうか?」

精神科医であっても児童分野が専門であれば、認知症の最新の情報には疎《うと》い。

「いえ、根本的に治す方法は現在のところ見つかっていません」

三人ともそろって音の出ない深いため息をついた。須元は事前に準備していたイラストが描かれた用紙を提示しながら説明を続けた。

「幻視がある時点で症状はかなり進んでいると思います。認知症ですので記憶力は落ちてきますが、それ以外にも、ここにあるように、うつ病のように気分が落ち込んだり、便秘、臭覚異常、睡眠時の行動異常、手足がふるえたり転びやすくなったりします。それから場合によっては、失禁、徘徊、暴言、暴力のような症状が出てくるかもしれません」

詳しく説明されても、そこに描かれていたイラストを見ると和子の不安は増すばかりだ。

「徘徊や暴力などはありませんが。あ、今、便秘気味です。それに寝てるときに突然、声を出したりすることもありました。先生、これからどうしたらいいのでしょう」

焦り始めた和子が眉を寄せて訴えても、須元は何も聞こえなかったようにパソコンの画面に向かったまま動かない。

「声を出したりすることもあったんだ」

洋平も須元を促すようにつぶやいても、キーボードのカチャカチャする音が診察室で反響しそれが返事のようにも聞こえてくる。きっと同じような患者を大勢診てきて毎度のことなのだろう。しかしだからといって不安な気持ちはみんな同じだ。しばらくしてパソコンの入力が終わると須元は口を開いた。

「しばらく様子をみていきましょう。次はどうされますか？」

「え。それだけですか」

和子が呆気《あっけ》にとられていると、

「もちろん継続して診てもらいたいです」

須元の機嫌を取るように香織が後ろから声をかけた。須元が和子に目を向けると和子は頷いた。

「では、二か月後くらいでいかがでしょうか」

二か月も先？　和子にかぎらず医師の立場の香織も洋平もそう思ったのだろう。黙っていた和子らの空気を察してか須元が付け足した。

「頻回に受診したとしても、これといった治療法がありませんので。もちろん、何かあればいつでも受診を申し込んでいただいて結構です」

「今日のところは、お母さん、帰ろう」

ここは素直に須元の指示に従った方がいいと洋平は判断し、和子を促した。

「そう？　ではまた二か月後にお願いします。今度は本人を連れてですよね」

「もちろんです」

そう答えると須元はもう終わったかのようにまたパソコンに向かい入力をし始めた。三人が礼を言って診察室を後にすると、ただちに次の患者が呼ばれた。和子たちにとっては家族の一大事であるが須元にとっては膨大な患者のうちの通りすがりの一人に過ぎないのだ。これは医師である二人も十分に分かっていることだ。でもやるせない。

「これからが大変ね」

和子がつぶやいた。和子の懸念通り、それから日に日に勲の行動が不安定になってきたのだ。次第に夜間の奇声、転倒などもみられはじめた。

時を同じくして、担任の田上から教育センターでの発達相談の予約が取れたと連絡があった。教育センターでの相談は二回に分けられ、一回目は本人の検査や保護者から成育歴の聞き取り、二回目にそれらの検査結果をもとに担当者が結果を伝えるというものだ。どこでも似たような体制がとられていて予想はついたが、わが子のこととなると、落ち着かない。

一回目の日、香織は湊を学校から早引きさせると、教育センターに向かった。教育センターは最近Ｐ町に作られた、福祉・教育・医療が連携して子どもたちを支援していく町の施設だ。センターでは、子どもの発達相談や教育相談、医療相談の他、不登校児の通所場所としても利用されている。湊は学校を早引きできたことを喜んだ。

センターに着き、香織が受付で名前を告げると、エレベーターで三階まで上がって、そこの受付で再び声をかけるように言われた。二人が三階まで上がると受付の窓口が見えた。受付の奥は大きな部屋になっていて、中には多くの職員が机に座って黙々とパソコンに向かっている。

「こんにちは。十四時に予約していた賀川です」

受付で声をかけるとすぐに年配の担当者が出てきた。

「賀川さんですね。お待ちしていました。ではご案内します」

別室に案内されるとそこには二人の女性がいて、そのうちの一人が丁寧に説明した。

「こんにちは。どうぞお入りください。これから湊くんは別室に移動してもらって、お母さんはここでお話を聞かせてください」

システム化され相談者目線の無駄のない流れに、香織は病院とは違う心地よさを感じた。湊が心理士に連れられ検査室に移動すると、香織は担当者からの聞き取りに応じる手順だ。事前に湊の母子手帳を持参するように言われており、担当者はそれを見ながら、湊が生まれたときの様子を丹念に香織に確認していく。それが終わると複数のチェックリストに沿って小学校入学前・後のエピソードについて聞かれる。質問はＹＥＳ、ＮＯで答えることがほとんどであったが、ＹＥＳと答えると、何らかの問題ありと判定される。湊はかなりの割合でＹＥＳが該当した。

一通り聞き取りが終わった頃、時計は十五時半を過ぎていたが湊はまだ検査を受けているようだ。

「検査もそろそろ終わりますからこの部屋でお待ちください」

先ほどの担当者はそう言い残すと部屋を出た。そしてそれから十分後、湊が心理士に連れられ戻ってきた。

「湊くん、よく頑張ったね」

心理士から褒められ湊も嬉しそうだ。そういえば最後に湊を褒めたのはいつだっただろう。香織は思い出せないことに気が付いた。その日は家への帰り道、頑張ったご褒美を兼ねて二人でファミリーレストランに向かった。

二回目の相談は二週間後であった。今度は香織が一人で教育センターに行き、検査結果を聞くのだ。センターに着くと再び三階に上がり、前回とは異なる部屋に通されると、そこには四十代後半くらいのマスクをした男性が座っている。

香織を見るとややぎこちない笑顔で話しかけてきた。

「こんにちは。賀川さんですね。心理士の氏畑《うじはた》と言います。どうぞおかけください。今日は結果をお伝えしますね」

この部屋は前回とは違い、病院の診察室のようだ。香織は机を挟んで心理士と向き合った。氏畑は中年太りしていて、お腹周りのベルトが見るからにきつそうだ。それに季節を無視した半袖だし顔は目の周りだけ白さを残し日に焼けたように浅黒い。こんな呑気《のんき》そうな心理士に湊のことを任せていたのだ。本当に大丈夫なのか。香織は田上のようなもっと端整な女性を期待していたのだが。

机の上にはおそらく今日説明のある検査結果が書かれた用紙が置かれている。その後、一回目と同じように、香織が湊のことで今、気になることについて聞かれた。これは保護者のニーズを把握し支援の方向性を間違わないためでもある。初めて、結果を聞く立場となった。

「分かりました。ではまず知能検査の方からご説明します。これはＷＩＳＣといって世界で最も使用されている知能検査の一つで、ずばりＩＱが出ます」

そう言うと氏畑は、山のような曲線グラフが書かれた紙を取り出した。

「これがＩＱで平均は１００で一番多く、ＩＱが高くなるにつれて割合が減ってきますし、同じように低くなっても割合が減ってきます」

山のてっぺんに１００と書かれ、左右に山が低くなっている。氏畑は続けた。香織にとっては当たり前すぎる内容で、説明はいいから早く数字が知りたかった。

「ＩＱが70以下になると知的障害に相当します。70〜85はグレーゾーンで、85から１１５は平均的と言えます。今回、湊くんのＩＱは１０４で平均の範囲内です」

そう言うと、山のてっぺんのすぐ右下あたりをペン先で押さえた。平均なのか。ひょっとしたら低いかもと予想していたが違った。

「ただ……」

氏畑は香織の反応からその疑念を解くかのように、検査結果の他の数字を指した。

「このＩＱは四つの値の平均値となっていまして、分かりやすく言いますと、聞く力、見る力、記憶力、処理するスピードの四つの平均から成っています。

これを見ますと凸凹《でこぼこ》が見られます」

氏畑の太くゴツゴツした指で示された先には折れ線グラフが示されていた。確かにそのグラフは凸凹している。

「この〝理解〟の項目や〝積木模様〟といったところですが大きく下がっています。文章題とか図形問題とかが苦手かもしれません」

指先の綺麗に切り揃えられた爪はその説得力を増した。氏畑は熊のような風貌であるが相手に不快感を与えないだけの配慮はできている。その通りだ。湊は文章題を嫌がったりするし、図を写したりするのも苦手だ。

「確かに苦手のようです」

「その他に、まだありました」

「え。まだあるのですか？」

そのことを一番に伝えたかったかのように氏畑の口調は軽快だ。

「先日の面談で心理士から色々と質問されたかと思いますが、それによりますと湊くんは自閉スペクトラム症のチェックリストの点数が高いので、どうもその傾向がありそうなのです。ここでは診断はできませんが、湊くんの学校での困りごとはひょっとしたら自閉スペクトラム症が原因かもしれません。もしそうだとしますと知能検査の凸凹も説明がつきます。授業についていくのがしんどければ場合によっては通級指導教室もありますし、自閉症の症状が強くなってくるようであれば特別支援学級なども考えてもいいかもしれません」

特別支援学級や通級指導教室という言葉を聞いて香織は教育センターでの相談前に懸念していたことが少しずつ輪郭を持っていくのが分かった。しかし、思わず出た言葉は専門家でなく母親としての感情的なものだった。

「湊に障害があるということでしょうか？　あの子、仲のいい友だちもいっぱいいます。確かに成績はいいとは言えませんが、その気になったときはテストの点数はそこそこ取れていますし、漢字や計算だって得意な方だと思うのですが」

「その友だちというのは対等な関係でしょうか。単に面倒をみてくれているだけかもしれません。それに自閉症があっても、計算が得意な子はいっぱいいますよ。でも計算だけできてもね。文章題ができないと算数の点数は取れませんん」

氏畑の真っすぐな見立ては香織をさらに母親として反論させることになった。

「文章題も時間をかければできます」

「時間をかければみんなできます。でもテストの時間は決まっていますからね」

どうしてこの男は湊のことを否定ばかりしたがるのか。いいところはないのか。氏畑の説明は母親としても専門家としてもどうも受け入れられない。先程感心した氏畑の整った爪はもうどうでもいい。問題があるのは分かるが、こんな説明の仕方で即座に納得できる親がいるだろうか。ひょっとして自分もこんな説明の仕方をしていたかもしれない。そういえばできないことばかり伝えるといきなり怒りだした親もいた。

香織は様々な考えが浮かび、顔が火照ってくると同時に目頭も熱くなってきた。氏畑は話を続けていたが、香織の耳には入ってこない。

「では、次の方の予約がありますので。また気になることがあったら申し込んでください」

香織の次第に凍り付いてきた表情に氏畑の話し方も気が付けば事務的になっ

ていた。会話はお互いの反応で方向性が決まってしまう。一方が硬くなれば相手もそうなる。香織は氏畑に当たってても仕方ないと頭で分かっていてもやはり気持ちが付いてこないのだ。

教育センターを後にした香織は、歩きながら目頭でずっとこらえてきた涙が溢《あふ》れてきた。どうしてあんな他人から湊の悪いことばかりを言われないといけないのか。悔しさでやり場のない気持ちだ。専門家である香織ですら、認めたくなかった事実を突きつけられると動揺する。

どうやって湊を育てていけばいいのか、考え直すときが来ているのかもしれない。

「経過は順調だね」

あゆみは内診台から降りた香織に結果を伝えた。放射線治療はいったん終了していたが、定期的に診てもらう必要がある。

「有難うございます」

「何か困っていることはある？」

「少し排尿困難がありますが、そこまでは」

子宮を全摘すると、その空いた空間に膀胱《ぼうこう》が落ち込み、尿路が歪むことで排尿困難を引き起こす。でもそうならないよう細心の注意を払って手術が行われ、排尿困難の症状はまだ軽微であった。しかし今後、悪化する可能性もある。

「また症状がひどくなったらいつでも言ってね」

「はい。有難うございます」

「でも、あなたも医師なのでよくお分かりだと思うけど、再発の可能性もあるから、決して無理はしないでね。仕事はどうしているの？　確か児童相談所だったと思うけど」

香織はあゆみが覚えていてくれたことが嬉しかった。

「はい。無理はしないようにしています。あれから非常勤にしてもらって、今週三勤務です」

「そうした方がいいわよ。でも児相も最近大変よね。虐待も増えてるようで」

「そうなんです。子育てしにくい環境にもなってきましたし」

「そうそう。発達障害をもった子も増えてきてるんでしょ？」

湊のことを言われている気がして香織の胸は大きく鼓動した。

「いえ、数が増えてるわけではなくて、診断されるケースが増えてきたんです」

「そうなんだ。でも偉いと思うわ、そういった親子に寄り添ってきて。私なんて結婚していないから分からないんだけど、子育てしながら、今回の癌にしても、あなたは凄いよ」

「私なんて全然だめです」

身体だけでなく、母親としての香織を気遣ってくれるあゆみの気持ちは有難かったが、一方で湊のことで行き詰まっていて、偉いと言われることに戸惑いは隠せなかった。沈黙した香織に気づいたのか、あゆみもそれ以上は何も言わなかった。

勲の介護を和子が本格的に担うようになったのは、勲の耳の聞こえがよくなく、大きな声で話さないと聞き取れなくなったことに加え、歩行も不安定になってきたからだ。トイレやお風呂は何とか一人でこなせたが、ドアは開けたまままで、入るときと出るときには和子が付き添っている。和子は子どもの頃から体はとても丈夫で、少々、力のいることでも勲の日常生活を無難に支えていた。香織は介護で行き詰まらないようときどき和子を訪れた。勲は香織と和子の会話を聞き取れず、自分の悪口を言われていると勘違いしているようで不機嫌になることも度々だ。

ある日の午前十時半頃、職場にいる洋平の携帯に電話が入った。

「洋平？　お母さんだけど、今大丈夫？　今、川陽山病院の救急外来にいてね。朝起きたら頭がフラフラするから、すぐに近くの病院を受診して頭のCT撮ってもらったら緊急手術が必要って。それで救急車でここまできたの」

「ええ！　何があったの？」

「ちょっと先生に替わるわね」

洋平は和子が普段と同じ口調だったので最初は身構えずに聞いていたが、電話口では救急外来らしく慌ただしい声や音が聞こえていた。しばらくすると男性の声に替わった。

「あ、息子さんですか？　私、川陽山病院の医師の深下《ふかした》といいます。お母様の和子さんのことでお話ししたいことがございます。和子さんのご病状ですがCT検査で右の脳に出血がみられました」

落ちついて話す深下の口調に、洋平は、すぐに事態の深刻さを理解した。そういえばさっき和子の呂律《ろれつ》が少し回っていなかった。深下は続けた。

「すぐに緊急手術が必要ですので、ご家族のどなたかに来ていただきたいのですが」

「脳出血ですか」

深下はもう一度繰り返した。

「手術して血腫を取り除かないといけません。どなたかご家族の方が来るのは可能でしょうか」

「分かりました。では私がすぐに向かいます。二時間くらいで伺えると思います」

か」

「二時間後ですね。分かりました。ではそれまでに先に手術になるかもしれませんが、その場合、この電話で同意いただいたということで宜しいでしょうか」

「はい、もちろんです。宜しくお願いいたします」

「分かりました。病院の救急外来にお越しいただければ係のものがご案内します。では和子さんに替わります」

和子はまだ話はできるようである。

「洋平、ごめんね。お父さんは家で待ってるから。電話しておくわ」

「分かった。後は任せて。ではこれから病院に行くよ」

電話を切ると洋平はすぐに病院の医局長に事情を伝え、急いで家に帰ることにした。その前に香織に電話した。

「香織。母さんが大変だ。川陽山病院に入院になったって」

「ええ？　何があったの？」

「脳出血だって。これから緊急手術。僕はこれからまず家に帰って、車で実家に行ってオヤジを拾ってから川陽山病院に向かうよ」

「脳出血？　お母さん、大丈夫なの？」

「電話口で話せる状態ではあった」

「分かった。とりあえずまた連絡待ってるわ。お父さんにも電話してみる」

「うん、母さんも電話するって言ってたよ」

香織は青ざめた。元気だった和子がまさか脳出血とは。それも自分が通院している川陽山病院に入ったとは。勲は今一人でどうしているのだろう。香織は心配になって勲のいる洋平の実家に電話をかけてみた。勲はすぐにでた。

「ああ、香織さん。どうかしましたか？」

「お父さん、あの、お母さんが川陽山病院に入院するみたいなのですが」

「うん。さっき、お母さんから電話があったらしく勲は慌てる様子もない。

すでに和子から電話があって川陽山病院に入院するって言ってたな。心配しないでって。洋平も来てくれるしって」

「もう連絡があったのですね。今、洋平さんがそちらに向かっていますから。お一人で大丈夫ですか？」

「ああ。大丈夫、大丈夫」

香織は電話を切るとソワソワし始めた。入院となると色々と準備がいるだろう。勲は幸いにも昼間で短時間ならまだ一人でも過ごせる。でももし和子に何かあったらこの先、いったい誰が勲の面倒をみるのだろう。香織はこれから自分たち家族に降りかかってくるだろう重圧を感じ始めていた。

十一時過ぎには洋平が家に戻ってきた。洋平は動きやすい服装に着替え、マンションの地下にある駐車場に向かった。この地下駐車場は同じマンションの駐車場権利所有者から賃貸で借りているのだが、毎月二万五千円かかる。車の維持は家計を圧迫してきたが、でも、こんなときは車がないと大変だ。無理して維持してきてよかったと洋平は思った。

車を走らせ三十分ほどで洋平の実家だ。家の合鍵はもっている。鍵を開けて中に入ると勲は一人でテレビを見ていた。

「ああ、洋平か。いったいどうしたんだ」

「お母さんがこれから手術だから、これから一緒に川陽山病院に行くよ」

「ええ。母さん、どうしたんだ」

「電話でも話したけど脳から出血していてね。これから緊急手術なんだ。とにかく行こう」

「おお、そうか。それで母さんは大丈夫か？」

「電話で話せたから大丈夫だよ」

勲には和子や香織からも電話があったはずだが忘れているようだ。洋平は勲のプライドを害さないように説明はできるだけ丁寧にした。

洋平の計画は、勲を助手席に乗せてそのまま川陽山病院に向かい、勲の様子も見ながら入院の手続きなどをこなすことだ。湊が帰ってくるので香織には家で待ってもらう。

洋平はハンドルを握りながら、助手席に座る勲に繰り返し話した。

「お母さんは心配ないからね。主治医とも話したけど少し入院して休むだけだよ」

「ああ。疲れたんだね。母さんから電話あったよ。でも大丈夫かな」

和子の脳出血についてはその重大さを勲は理解できていないだろう。

「お母さんからも電話あったもんね。少しだけ脳から出血して、手術するんだけどね」

洋平は手術のことは繰り返して話しておこうと思った。後になって、勲が聞いてなかったと憤慨することもあったからだ。

「手術するんか。はー。そうかあ。脳から出血かあ」

一瞬、驚いた顔をみせた勲ではあったがすぐにいつもの顔に戻った。口調も他人事のようで単調だ。

「で、母さんはどこに入院してるんだ？」

「川陽山病院だよ」

「そっか。川陽山病院か。で、母さんは何で入院したんだっけ？」

「え、だから脳出血って」

「ああ、そうか。そうか。脳出血か」

しばらく勲と面と向かって話をしていなかった洋平は認知症がかなり進んでいることを実感した。

実家から三十分ほど車を走らせると二時間後という予定より二十分ほど早く

川陽山病院に着いた。勲の足取りは今のところしっかりしていたがいつ転倒するか分からないので、洋平は勲の腕を取りながら病院の入り口に向かった。総合受付で救急外来に案内されると、二人は救急窓口で名前を伝えた。

「賀川和子さんのご家族ですね。どうぞご案内します。マスクをして、そちらからお入りください」

担当の事務員が丁重に案内してくれた。和子はまだ手術室には入っていないようだ。スライドドアを開け、中に入るとカーテンで仕切られたベッドが五つほど並べられていて、その一つに和子が横になっている。

「母さん」

洋平が声をかけた。

「ああ、洋平。心配かけてごめんね。お父さんも来てくれたのね」

和子は笑顔を作ろうとしたが左の口角が動かず右側だけがその口元を作っていた。呂律も回っておらず聞き取り難《にく》い。勲も声をかけた。

「母さん、大丈夫か？」

「うん、大丈夫よ。でもこれから手術をしないといけないけど」

「え、手術。いったいどうしたんだ？」

和子は戸惑ったが洋平が割って入った。

「あまり話さない方がいいよ」

隣のベッドとは一枚のカーテンだけで仕切られていて通路からは中が見えた。和子のように話ができそうな患者はおらず、みんな動かず横になっており、状態は悪そうだ。それから間もなく看護師たちがやってきた。

「これからオペ室に移りますので、ご家族の方は入院の手続きをしていただいて、終わったら病棟でお待ちください。手続きは事務の方でご案内しますね」

今後の流れの説明を受けると看護師たちは和子のベッドを動かし始めた。

「母さん、また後でね」

洋平が声をかけると、和子は笑顔を残してベッドとともに去っていった。

病院事務で入院手続きが終わると、洋平と勲は四階の病棟の面会室で手術の終わりを待っていた。この川陽山病院は二百床の総合病院で様々な科が入っている。内科、外科、脳外科、神経内科、整形外科、眼科、耳鼻科、皮膚科、泌尿器科、放射線科、そして香織の通院している婦人科などがあり、勲もここの神経内科の認知症外来を受診し、今は通院患者だ。今回、和子は脳外科で手術を受け、術後は四階の脳外科病棟に入院することになる。

　脳外科病棟の面会室は広く、何組かの他の患者家族も白衣を着た医師やケースワーカーたちから説明を受けている。面会室に入ってから二時間、和子が救急外来から手術室に運ばれてからは三時間が経った頃、緑色で半袖の手術着姿の医師が面会室に入ってきた。

「賀川和子さんのご主人と息子さんですね。お電話しました主治医の深下です。手術は無事に終わりました」

「有難うございました！」

　勲がことさら大きな声で礼儀正しく応えた。深下は少しビクッとしたがすぐに元の姿勢に戻った。

「これから病状を説明させていただきます」

　洋平、勲は机を挟んで深下の正面に座った。深下はパソコンを素早く操作するとモニターに和子の頭部のＣＴ画像を提示した。そこには輪切りにされた脳が映っていたが、素人目《しろうとめ》に見ても脳の内部に不自然な白いかたまりがあり、そのかたまりが脳の他の部分を圧迫しているのが分かる。医師である洋平にはすぐ和子の脳内で何が起こっているのかが分かった。深下は画面を示しながら夫である勲に向かって説明し始めた。

「奥さんの脳のここの部分に出血が見られました。血腫が脳を圧迫していますので手術して血腫を取り除きました」

勲は無言だ。勲が何も言わないのを確認して洋平が言った。

「原因は何なのでしょうか？」

「血圧が高いようですのでそれが原因だったかもしれませんが、年齢的なものもあります」

洋平は身を乗り出し最も気になることを訊ねた。

「後遺症などはどうでしょうか？」

「左手足に麻痺がみられていますのでしばらくリハビリが必要かと思います」

最後にベッドサイドで話していたときは気づかなかった。

「そうですか。入院とリハビリはどのくらいの期間、必要なのでしょうか？」

洋平はさらに身を乗り出した。勲は、最初のお礼の挨拶からは静かになり、ぼーっとして聞いているだけだ。

「入院は一か月くらいです。リハビリは経過をみないと何とも言えませんが、最低でも三か月は必要でしょう」

「ではこれから最低でも四か月ですか」

洋平は予想以上のことに目を閉じゆっくり深呼吸したが、今後のことを想像すると、深呼吸したところでどうすべきか考えがまとまらない。これから起こる事態について一つずつ考えを整理していかねばならない。勲の面倒をみてきた和子がしばらくいなくなる。これはどういうことを意味するのか。洋平は一人っ子で、他に頼れるきょうだいはいない。

その先の深下からの説明は、洋平の耳にはあまり入ってこなかった。最後に同意書についての説明の段階になって洋平は我に返った。

「では、この同意書にサインをしていただけますか？」

内容を確かめる間もなく目の前に置かれた同意書に洋平は素早く署名した。急ぐ必要はないのだが、何でも少しでも早く終わらせたい焦りにかられてしまう。

「あとは看護師の方から入院に必要なものとかの説明がありますから、交替しますね」

そう言うと深下はさっと立ち上がり、振り向きもせずスタスタとスリッパの音を大きく鳴らしながら去っていった。当然、患者は和子だけではない。他の患者の病状確認や看護師への指示出しも必要だ。また今日の手術の記録も忘れないように電子カルテに入力せねばならない。

「有難うございました」

勲が立ち上がって深々と頭を下げた。しばらくすると替わりに師長と思われる年配の女性看護師が現れた。入院中に必要なものを用意しなければいけない。洋平は、今度はしっかりと気を取り直して師長からの話にメモを取りながら応じた。

ふと時計を見ると十六時前だ。勲も疲れを見せ始めている。一段落つくと洋平は香織に電話をかけた。

「手術も無事に済んで手続きも終わったからもうすぐ帰るね」

「お母さん、どうだったの？」

「また帰ってから話すよ」

洋平が勲を連れて家に帰ったのは十七時前であった。

「おかえりなさい。お父さんもお疲れ様でした」

「お邪魔します」

勲は気を遣ってか、静かに挨拶した。香織が勲をリビングに通すと、湊もいる。

「あ、湊ちゃん」

勲は嬉しそうに声を上げると孫の方に進んだ。

「じーじ」

湊もニコニコしながらそれに応えている。

「洋平さんもご苦労様でした」

「うん。疲れたよ」

「お茶いれるね。お父さんも緑茶でいいですか」

「有難う。何でもいいです」

すでに湊と洋平は勲と遊び始め勲は楽しそうだ。

香織と洋平は勲から少し離れたところに場所を移すと、自然と今後についての話になった。

「一人では無理だろうね」

香織も複雑そうに答える。

「うん……」

「母さんの入院中をどうするか」

香織の懸念は現実になろうとしている。

「私たちの仕事をやりくりするのも限度があるし……」

「突然だと受け入れてくれる施設があるかどうか……」

突如、遠くから勲の声がした。聞こえているのだ。

「私は一人で大丈夫だよ。家にいる」

力強い声だ。勲は眉を吊り上げ怒り出す寸前のようだ。勲は普段は耳が遠いが不思議とこういった話には敏感なのだ。会話を聞き取るというより空気を感じ取っているのかもしれない。二人は無言のまま顔を見合わせた。

「でも今晩はここで寝てください」

「いや、家のことが心配だから帰るよ」

香織は機転をきかせてこう言った。

「でももう遅いから今晩だけは泊まっていってください。明日からは、洋平さんが実家に一緒に泊まってあげたら」

「そうだね。それがいい」

洋平が答えると、勲の眉はいつもの角度に戻っている。

「明日からか。でも洋平、仕事あるのに大丈夫か？」

「大丈夫だよ。実家にはまだ僕の部屋も残っているし」

勲の眉の角度はいっそう下がっている。

ただ今晩はいいが明日からどうしたものか。

その晩はみんなで夕食をとり、勲に入浴を勧めると素直に従った。湯船に入るときと出るときは洋平が介助したが、自分の身体はまだ一人で洗えた。その間も、香織と洋平はリビングで話し合いを続けた。

「お父さんは今の生活環境が変わるのはよくないと思うわ」

「でも一人だったら危ないよ。火の元とか」

「交替で様子を見に行くのは？」

洋平は一瞬固まってそれがどういう意味か考えている。

「交替って？　誰が？」

「私とあなたで」

「病院、休めるかな」

香織は一呼吸置いてから語調を強めた。

「私が全て面倒をみるわけ？」

「そんなことないんだけど僕は無理だよ」

子宮頸癌の術後の経過は良好とはいえ、体調はまだ本調子ではない。無理は禁物だと言われてもいるし、勤務日数も減らしてもらっているのだ。気遣いのかけらもない洋平の言葉で、ないはずの子宮をぴしゃりと叩かれた気がした。

突然のことで洋平も余裕がないのか。

「私もできる限りやるけど、あなたのご両親なんだから、あなたが中心になるのが当然なのよ。少しは休めないか調整してみてよ」

洋平も一呼吸置いた。そして小さく頷く。

「分かったよ。聞いてみるよ。でもこれが続いたらもたないね」

自分の親なのに、と香織は思ったが、実際のところ、時間の融通が利かない常勤の勤務医の洋平にそこまで負担をかけるわけにもいかない。でも全て自分が担うのは間違っている。勲が家に来てくれたら安心ではあるが、狭いマンションで始終近くにいるとお互い息苦しいだろうし、慣れない場所で勲を一日中見ておけるかと考えると、それも現実的ではない。だからといって勲を実家にずっと一人で置いておくわけにはいかない。いったいどうしたら。

香織は思い付いた。

「昼間は私が様子を見に行ってご飯の準備をするから、あなたはしばらく夜だけ実家に泊まってあげて、そのまま職場に行くのはどうかしら」

「うーん」

洋平もなかなかイメージがまとまらず、返事ができない。毎朝、実家から職場に通うのも大変だ。でも香織も昼間面倒をみてくれる。大変なんて言っていられない。それにずっとではない。和子が戻ってくるまでの間だ。しかし万が一、和子にも後遺症が残って介護が必要になったら、いったいどうすれば。

それはそのとき考えればいい。

とはいっても不安だ。

「有難う。それはいいアイデアだと思う。介護保険とかこういうときに使えたいのかな」

「それは私も考えていて、明日病院に行ってケースワーカーに相談してみようと思うの」

「そっか。そんなこと何も知らなかった。医師は、医学のことは分かるけど福祉関係のことはほとんど知らないもんね」

洋平にとって、香織は普段は細かい性格でときどき鬱陶しくなることもあったが、こういうときのきめ細かい心配りはとても有難い。

「とにかく行って聞いてみるわ。あなた明日仕事は？」

「うん。病院に連絡して午後からにするよ」

「それならもし時間が合えばあなたも一緒に行けないかしら」

香織は川陽山病院に通院したときに介護認定のことで相談に来ていた患者家族がいたのを覚えていて、少しイメージはできている。明日中に病院に行ってケースワーカーに相談してみよう。まずは朝一番で電話をして予約を取ってからの方がいい。段取りを整理することで少し落ち着いた。

お風呂から上がった勲は機嫌がよかった。今晩は、勲には湊の部屋で寝てもらい、香織と洋平は湊と一緒に寝ることにした。事情を知らない湊はワクワクして楽しそうだ。勲は朝からバタバタして疲れていたようで、布団に入るとすぐに寝息を立てた。洋平もメールの確認だけ済ますと翌日に備え早めに床に入った。

翌朝、香織は九時になるのを待って川陽山病院に電話をかけてみた。病院ホームページに総合支援相談室の直通電話がのっている。電話はすぐにつながり担当の相談員と話すと、その日の十三時が空いているとのことだ。

「洋平さん、今日の十三時、病院の相談枠に空きがあるって。仕事、午後も休めない？」

勲を一人で長く家には置いておけないので、洋平に仕事を休んでもらってそのまま勲をみてもらうしかない。

「え、午後も？　休めないよ」

「そっか。困ったわね。お父さんをあまり長く一人にはできないし」

行き詰まった香織をみて洋平がそっと聞いた。

「違う日ではだめなの？」

「こんなのはできるだけ早く手続きした方がいいの」

それを聞いて、洋平はやはり仕事よりも手続きを優先すべきだと思い始めていた。幸い今日は、外来はなく入院患者も落ち着いている。しかも何かあっても誰かに頼めるはずだ。

「分かった。午後も休めるように電話してみるよ。では代わりに僕が川陽山病院に行こうか？」

「有難う。休んでもらえると助かるわ。でもこれから色々と手続きをしないといけないし、私が行っている間、あなたがお父さんをみていてくれたほうがいいと思う」

　てきぱきと事を進めてくれる香織を有難く思いつつ、自分が普通に仕事に行けるのは、みんなの健康があるからだと改めて感じる洋平であった。

　湊はすでに学校に行った後だったので、二人分の昼食を用意すると、香織は川陽山病院に向かう準備を始めた。川陽山病院には電車を二本乗り継げば家からは三十分程度で行ける。

「では行ってくるからね。お母さんの様子も聞けたら聞いてみるわ」

「ご苦労様。宜しく頼む」

　そう洋平から声をかけられると香織は急いで駅に向かった。駅への道中、色んなことが頭を巡る。自分の癌のこと、湊の発達のこと、そして今回の夫の両親のことだ。あまりにも重なってしまい、自分でもよく耐えているな……と思う。逆に冷静になって客観的に置かれている現状を眺めてみた。まずは優先順位だ。何はともあれ一度には対応できない。急ぐものから先に考えていこう。まずは相談員と面談してから、その他のことは後で考えよう。そう決めると香織は少し気分が楽になってきた。

川陽山病院の正面玄関に着くと時間は十二時五十分だった。病院の入り口で検温と手の消毒を済ませ、急ぎ足で相談室に向かった。相談室の窓口はまだカーテンが閉められている。職員も昼休憩なのだ。香織は相談室に最も近いソファーに腰を掛けた。廊下を挟んで右前に救急外来の入り口が見える。和子はここに運ばれてきたのだろうか。

院内の時計が十三時を指すと、相談窓口のカーテンがサッと開き、受付の女性がもう顔を見せている。すぐさま香織は窓口に向かうと名前を伝えた。すると受付の隣にあるドアから小太りの三十代と思われる女性がでてきた。

「賀川様ですね。では部屋に移動しましょう」

マスクをしている女性の目元からもれる笑顔に、香織は受容的な印象を受けたものの、一方で、促され入った部屋は四人が入るといっぱいになるほどの狭さだ。相談に来ることを拒んでいるかのようである。女性が話し始めた。

「相談員の練田《ねりた》といいます。お電話でもお聞きしましたが認知症のお父様のことですね。お母様が急に入院されて大変ですね」

「はい。そうなんです。母が脳出血で倒れてここに入院させてもらっています。これまで母が父の面倒をみていたのですが」

「ご両親はご主人の方ですよね。それもまた大変ですね」

「母の主治医の深下先生はリハビリを含めると最低でも四か月はかかると。夫は一人っ子ですので父の面倒をみるのが私たちだけで。でも、うちも子どもがまだ小学生で、父の面倒もみるのは限界なんです。母が戻ってくるまでどこか短期で入れる施設か、ヘルパーさんや訪問介護などのサービスをお願いできればと」

香織は目の前の練田の同情を買えるように多少大袈裟に声の調子も変えている。今の香織にとって目の前の練田が最も頼らねばならない相手なのだ。何が何でも分かってもらわないといけない。

「ご事情は分かりました。施設で預かってもらうことは可能なのですが、お父様はまだ要介護認定を受けておられないようですので、まずはその申請をしていただく必要があります。お住いのお近くですと、この地域包括支援センターが便利だと思います」

練田は香織に用意してあった紙を見せた。そこにはいくつかのセンターの名前と住所、電話番号が書いてある。練田は続けた。

「申請されると、町から調査員がご自宅にお父様の状態を確認に伺います。それと主治医の先生はここの先生ですよね？　ええっと」

「須元先生です」

香織は須元医師の機械のような話し方を思い出し、気が重くなった。

「ああ、須元先生ですね。では須元先生に主治医意見書を書いてもらうことになります。ところで次の診察はいつですか？」

「今月は終わったので二か月後です」

「それはかなり先ですね。多分大丈夫だとは思いますが、前と状態が変わっていないか診察が必要になることもあります」

「だいたいどのくらいかかるのでしょうか？」

練田が色々と説明をしてくれたものの、彼女の一言一言が香織をいっそうしんどくさせていった。申請してから認定まで一か月ほどかかること、どこも施設はいっぱいで便利なところはなかなか入所できないこと、勲の身辺の自立度が高いと判断されると要介護でなく要支援になる可能性もあること、そうなると施設入所も優先度が下がることなどが香織の耳に入ってきた。とにかく町からの訪問調査があり、須元医師にも意見書を書いてもらうことが一番の優先事項だ。自分が勲の主治医だったらどれだけ楽だっただろう。

香織はこれから自分に降りかかるであろう負担を想像することが怖くなってきていた。

「何かご質問はございますか？」

香織の疲れた様子を察してか、練田は親身になってくれてはいたが、練田にしてもそれ以上にできる余裕はない。次の相談者の予定も入っているようだ。

「初めてのことばかりで混乱しています」

香織は気の利いた感謝の言葉も思いつかず、そう答えるだけで精いっぱいだ。

そして、今の状況を誰かがすぐに何とか助けてくれるわけではないこと、認定が出ても実際に施設が利用できるまでかなり時間がかかることは覚悟した。

「みなさん、そうおっしゃいます。分からないことがございましたら、いつでもご相談ください」

「有難うございます。分かりました。とりあえず介護認定の申請に行かないといけないのですね」

香織は、自分の勤務している児童相談所であれば緊急度によっては職員がすぐに動いてくれることが多かったので、川陽山病院でもすぐに何とかしてくれるのではと淡い期待を抱いていたが見当違いであった。川陽山病院を後にすると、洋平に電話をかけた。

「あなた、やはり色々と厳しそうだわ。とにかく介護認定がおりないと何もできないみたい」

「ええ。そんなこと言われても。困ったなあ。とにかく帰ってから相談しよう」

帰途につく香織は病院に向かう前と比べ、状況の深刻度がいっそうはっきりしたことを理解した。明日、すぐに申請に向かおう。でも申請してから一か月かかる。それでも施設に入れるとは限らない。入れたとしても勲が入所を嫌がるかもしれない。和子の回復には最低でも四か月かかるし、自分がお見舞いに行って身の周りの世話をしなければならない。洋平は仕事を休めない。湊のことも心配なことばかりだ。そういえば私は癌だった。再発も心配だ。でも、それ以上に湊のことが心配だ。

「どうして私ばかりこんなつらいことが起こるのだろう」

香織はつぶやいていた。

以前であれば老老介護の疲れで殺人を犯してしまったニュースを聞いてもピンとこなかったが、今なら少し理解できる気がする。でも勲の認知症の診断がついたとき、どうして須元はすぐに介護認定を勧めてくれなかったのだろう。そう思うと同じ医師として須元が腹立たしく思えてくる。でも自分たちも勉強してもっと早く対処すべきだった。

気がつくと和子の見舞いをすっかり忘れていた。しかしもう帰りの電車に乗っている。さすがに病院まで戻れない。「ごめんなさい。お母さん」そう心の中でつぶやき香織は家路を急いだ。

家に戻ると時間は十五時を過ぎており、湊も帰ってきていて、勲と一緒に遊んでいる。勲をそのまま湊に任せて、香織が洋平に今日言われたことを伝えると、洋平は状況を把握して自らのイメージに落とし込めたらしく、つぶやいた。

「母さんは四か月くらいかかりそうだし、オヤジは認定まで一か月か。とりあえずこの一か月が勝負ってことか」

香織は黙りながら、洋平から次の言葉を待つことにした。

「それでね。今後のことなんだけど」

「うん」

「病院の医局長に相談してみたんだ。休むならいったん非常勤になってもらって、来れるようになったらまた常勤にするしかないんじゃないかって」

「有難う。聞いてくれたのね。やはりそうよね」

洋平は頷いた。非常勤になると給与も大幅に下がる。

「でもいきなり非常勤になると病院側も困るから、この一か月はどうしようもなくて」

「うん」

「だから一か月は、僕が夜、実家に泊まって、実家から職場に通うよ」

洋平の顔も真剣だ。この短い間で、色々と考えていたようだ。洋平がそこまで想定しているなら、と香織も覚悟を決めた。

「分かった。では私が児童相談所、一度辞めるわ」

「え。そこまでしなくても」

「このままでは無理だわ。でも、お父さんとお母さんが落ち着いたら、また非常勤で雇ってもらえないか交渉してみる」

医師免許さえあれば何とかなる。二人とも、このときほど頑張って医師になっておいてよかったと思ったことはなかった。

「申し訳ない。有難う。ほんとに有難う。香織も今の仕事にやりがいを感じていたのに」

「うん。それはそうだけど、仕方ないわ。それに湊もしっかり見ていきたいし。とはいえ、私もすぐには難しいから、お互い仕事を調整しながら乗り切るしかないわね」

この間に湊ともしっかりと向き合おう。ちょうどいいタイミングだ。そう香織は決めた。でも湊のことはまだ洋平には話していない。

「ねえ、湊のことなんだけど」

「改まってどうしたの？」

「実はバタバタして話せなかったけど、私、教育センターに行ってきたの」

「教育センター？」

洋平にとってはまだ馴染みのない機関だ。

「担任の田上先生に勧められて、一回目は私と湊と、二回目に私だけで」

「え、二回も？　いったい何しに？　湊に何か問題でも？」

「あなたには余計な心配かけたくなかったから、結果が分かってからにしようと思って」

洋平の顔が強張《こわば》ってきた。両親のこと以外にも湊のことでいったい何があるんだ。何か学校でやらかしたのか。洋平は考えを巡らし始めた。湊のことは児童精神科医である香織に任せていた後ろめたさもあったが、自分だけ知らなかったことに二人との溝を突きつけられる。

「で、何があったの？」

「湊、発達障害かもしれないって。自閉スペクトラム症の方ね」

洋平も精神科に鞍替《くらが》えしたので湊にそんな兆候があることをまったく感じていなかったわけではない。湊が学校で上手くいっていないことも薄々予想はしていたが、敢《あ》えて蓋をしたい気持ちもあった。でも担任から言われるとは、やはり看過できないほどのトラブルがあったのだろう。黙り込んだ洋平に香織は続けた。

「ＩＱは普通だったけど、下位項目にばらつきがあるみたい。自閉症のチェックリストの点数も高いし」

「チェックリストも高いのか」

「あくまでスクリーニングだけどね。でもね、私、これまで黙っていたけど湊はやはり自閉スペクトラム症だと思う。私が担当医だったら間違いなくそう診断してる。これまでなかなか受け入れられなくて。でも学校でのトラブルを聞いたら、今、しっかりと向き合っておく必要があるんじゃないかって。そう思ったの」

香織は担任から聞いたトラブルを洋平に伝えた。驚く様子もなかった洋平だったが、それとは別に何か不安気な面持ちもあり、香織は気をまわした。

「あ、お父さんのことも、もちろん見ていくけど、湊の成長もしっかりと見ておきたいの。今回、仕事を辞めるって決めたのも実は湊のことが大きくてね。人の子ばかり見ている場合じゃないって。専門家としての自分だからできるアプローチもあると思うの。今、湊にしっかりと向き合わないと後悔すると思うの」

「オヤジのことはいいんだ」

洋平の顔の強張りがホッと緩んだ。

「湊のことがあったのに、僕の両親のことまで気を遣わせて申し訳ない。ほんと有難う。早く母さんが退院できたらいいな。今回のことで母さんの有難味がよく分かったよ」

「うん。そうだね」

「それで母さんはどうだった？」

「ごめんなさい。頭がいっぱいになってしまって、気付いたらお母さんをたずねる前に電車に乗ってしまっていたのよ」

和子の見舞いをすっかり忘れていた香織は、正直に打ち明けた。洋平からの感謝の言葉で、申し訳なさと恥ずかしさとでいっぱいだ。明日は見舞いに行くと洋平に伝えた。

慌ただしく三月が終わり新年度を迎えた。湊は小学四年生になった。香織は川陽山病院に週に二回通う。和子の見舞いと合わせ、自分の婦人科の定期診察も入れている。勲の認知症外来の診察も早めに入れておくことにした。

あゆみの診察は二か月ぶりだ。あゆみも相変わらずバタバタと慌ただしそうだ。

「問題ないわね。その後はどう？　仕事も問題ない？」

「はい、体調は特に変わりはないです。でも今度は、夫の両親が大変なことになって、それで実は仕事を辞めることにしました」

「え。そうだったの。ご両親、どうされたの？」

「母の方が脳出血で入院、父は認知症で、一人で置いておけなくて、でもまだ介護認定が下りてなくて」

「ご主人のご両親ともがそんな状態なのね。それは想像するだけで大変なのがよく分かるわ。仕事も続けられないわね。実はうちも同じようなことがあったから」

「白下先生のところもそうだったのですね。色々と教えてほしいです」

香織の少し疲れた表情から切迫感も感じ、あゆみは座り直し話し始めた。

「母の癌が見落とされて手遅れになってね。うちは兄が一人いて、母が死んだ後、父と三人暮らしで、私がずっと家事をやっていたわ。大学卒業して、それぞれ家を出たけど、二年前に父が脳梗塞になってね」

「脳梗塞ですか」

「そう。ほぼアルコール依存症状態で血圧も高かったからね。介護手続きなんか何も知らなかったから施設が決まるまで地獄だったわ」

「そんなに……。お兄さんはそのときは」

あゆみの顔つきが変わった。

「あいつ、まったく連絡が途絶えてね。それで父は昨年、肺炎を合併して亡くなったんだけど、あいつがひょっこり現れて、遺産を寄こせって」

「それはひどいですね」

「昔はあんなんじゃなかったんだけど、結婚してから嫁の言いなりになってね。きっと遺産も嫁が後ろから指図してるんじゃないかな。それからずっと揉めてるよ」

「そんな大変なことがあったのですね」

洋平にはきょうだいがいないが、いた方が余計にややこしいこともあるという話は香織も聞いたことがある。

「あ、長々と我が家の事情を話しちゃったけれど、だからこそ、大変さは分かっているつもりよ。経験者として、できる限りのアドバイスとサポートができればと思ってるわ」

そう言い終わるとあゆみは診察机の奥に置いてあったコップをつかみ、口に当てゴクリと中身を一気に飲み干した。深みのある珈琲のほのかな香りが漂った。

「失礼」

「いいえ。有難うございました」

香織は深々と頭を下げた。

「お父さんはどこにかかっておられるの？　主治医意見書は誰が？」

「ここの須元先生のところです。早く書いてもらえるようにお願いしているのですが」

「須元先生ね」

その後、あゆみの働きかけがあったかは定かではないが、素早く須元の意見書が提出され、町の担当者も驚いていたと相談員の練田から聞いた。認定にはまだ時間がかかるが香織は自分の知らないところで多くの人たちに支えられていることを、心底有難いと感謝した。

◇

五月に入り蒸し暑くなったある日、高校時代の親友の千尋から久しぶりに会わないかというメールが白下あゆみのスマホに届いた。千尋とは同じ高校の同級生だ。家も同じP町で近かったので高校時代はずっと一緒に過ごした親友だ。

毎朝、待ち合わせて一緒に登校したし、試験前は図書館にも一緒に通った。好きな人ができたり、告白されたりしたら、お互い隠さず言い合おうねと、そんなことも約束した。でも告白されたのはいつも千尋ばかりであったが。

高校卒業後は、進路は違ったものの、ときどきP町で会っていた。千尋の結婚式では友人代表として最後に挨拶した。でも千尋に子どもが生まれて生活に余裕がなくなってきて、最近は連絡を取り合う頻度も減ってきている。あゆみも千尋に久しぶりに会いたいと思っていた矢先であった。忙しい子育ての話でも聞いてもらおうということだろうと、察しはついている。

会う日にちを二週間後に決め、場所は千尋が提案してきた摂山駅から徒歩五分のところにある、小さなフレンチの店になった。店の中で幸せそうな笑顔で食べている客たちを、あゆみは通りに面した窓の外から何度も見ていて、以前から一度行ってみたいと思っていた店である。でも一人ではなかなか入りづらかった。千尋とは二年ぶりの再会だ。

外から店の窓を見るとすでに千尋が座っている。店は古民家を改造した和風の作りで、予約も取りにくいP町では人気の店だ。千尋は店員と何かを話しているようで何度も来て慣れているようにも見える。

あゆみが店の入り口のドアに手をかけると、カランカランと鐘が小さく鳴った。千尋の座っている場所に目を向けると、鐘の音に誘われるように千尋も入り口に笑顔を向けた。

「ここ、ここ。久しぶり。あゆみ。元気だった？」

先に来ていた千尋は嬉しそうにあゆみを迎えた。二年ぶりであるが全然変わっていない。でも少し頬が痩せて顔立ちが際立っている。

「久しぶりよね。千尋も元気だった？」

「うん。私は相変わらずよ」

あゆみが向かいに座るとすぐに若いアルバイト学生とみえる女性店員が注文を取りに来る。

「このランチセットにしない？　この前来てよかったわよ」

千尋がそう言うとあゆみも頷いたが、値段は二千五百円と書いてあった。

「ここは何度か来たことがあるの？」

「うん。たまにだけどね」

千尋は経済的にも恵まれているのだろう。そういえば家の購入資金を夫の実家から少し援助してもらったとか言っていた。

「いいわね。千尋のところは余裕があって」

そんな言葉を使うつもりは毛頭なかったがつい口に出てしまった。あゆみは医学部の学生時代の六年間奨学金を借りていて、その返済もまだ残っていたし、つい最近まで父の介護施設の費用も全てあゆみが払っていたので、医師であってもそこまで余裕はない。

「そんなことないわよ。うちもいっぱいいっぱいで。あゆみには負けるわよ」

しかし千尋が身に着けていた時計もちゃんとしたものであったし、質の良さそうなワンピースも着ている。

「最近どうしてたの？」

そこに店主の奥さんらしき女性が料理をもって近づいてきた。

「失礼します。いつもお越しいただき有難うございます」

千尋に軽く会釈した。やはり千尋は常連らしい。

「今日は高校時代の友人と一緒なの」

千尋は愛想よく答えあゆみも軽く会釈した。

「いいですわね。前菜でございます」

縁に沿って一品一品が小さく盛り付けられた白く丸い皿を丁寧に置くと、女性が説明を始めた。

「ああ、美味しそう」

「そうね」

「ねえ、康太くんは元気？」

「うん。元気よ。相変わらずだけどね。もう五年生よ」

千尋は大きくため息をついた。

「でも勉強が難しくて大変なの」

「ええ、そんなことないでしょ」

そう言ってあゆみはいったん黙った。そういえば前に千尋に会ったとき、夫の母からのプレッシャーもあり、康太を塾に行かせて私立を受験させるかもしれない、と言っていたはずだ。きっと康太は優秀に違いない。

「失礼します。冷製スープをお持ちしました」

前菜の皿が下げられると、次は帽子を逆さまにしたような透明なガラスのスープ皿が置かれた。

スープを一口含むと、千尋はロックしていた心の鍵が一つ外れ、あゆみには正直に話せる気持ちになった。

「それがね、そんなことなくて。うちの康太、前の塾についていけなくなって、新しい塾に変えたの。それで児童精神科の先生にも診てもらった方がいいって話にもなってね」

千尋の話はあゆみにとっては意外過ぎた。

「康太くん、どうして医師に診てもらうの？」

「まだはっきりは分からないけど発達障害があるんじゃないかって。それで新しい塾で知り合ったお母さんから、いい女性の先生がいるって聞いたのだけど、突然辞めちゃったみたいで。それもショックでね」

あゆみは驚いた。康太くんが発達障害？　その医師ってまさか賀川先生のこと？　あゆみは先にその医師のことを確かめておこうと思った。

「千尋、違ってたらごめん。ひょっとしてそれって賀川先生？」

「あ、そう！　賀川先生。どうして知ってるの？　あ、お医者さん同士のネットワーク？　私、そのお母さんに色々と助けてもらってね。その人もお子さんの障害のことで悩んでいて。それを賀川先生が親身になって話を聞いてくれたって。私も一度康太を診てもらいたかったな」

「賀川先生なら大学時代の後輩よ。詳しいことは言えないけれど、彼女色々と大変だったの。それで、康太くん、大変なの？」

「うん。勉強のことでね。塾の先生から障害があるようなことを言われて。そんなこと信じたくなかったんだけど、きちんと向き合わなくちゃと思って、それでしっかりしたお医者さんに診てもらいたいって思ってね」

あの康太がそんなことになっていたとは。

「障害ってどんな？」

「ひょっとしたら知的な問題があるかもしれないの」

「そんなことがあったのね」

順風満帆と思っていた千尋がそんなことで悩んでいたとは思いもよらなかった。事情を知り、さっきまで遠くにいた千尋が高校時代の千尋に戻ったように感じる。

「うん。どこかにいいお医者さんいないかな」

二人は話に夢中になり、気がつくと空いたスープ皿が下げられ、テーブルにはメイン料理がきていた。でも千尋の表情は沈んだままだ。あゆみに児童専門のいい医師の心当たりはない。

「あ、メインのお肉がきてるから温かいうちに食べましょう」

あゆみは声をかけた。厚めにカットされた牛肉に柔らかな茶色のソースが全体にかけられている。フォークで一切れを口に入れると、ここの店主の客へのもてなしの気持ちが口いっぱいに広がってくる。

「柔らかくて美味しい。それにこのソース、いっぱい食べても胸やけしないわ」

それを聞いて千尋の口元が緩んだ。美味しい食べ物は嫌なことを一時的でも忘れさせてくれる。そんな空気を読み取ったのか千尋がタイミングよく聞いてきた。

「あゆみは最近どう？」

何から千尋に話そうか。あゆみにも亡くなった父のことで聞いてほしいこともある。ふと賀川の顔も浮かんでくる。

「うん……」

でも、今日は自分の話よりも千尋の話をじっくり聞いてあげた方がいいかもしれない。そんな気がした。敢えて問いかけには答えず、千尋に返した。

「ねえ、亮さんは康太くんのこと、どう言ってるの？」

「これまで康太のことで口論することもあったけど、今は一緒に頑張っていこうって」

「そう。よかったわね。私からしたら、何か羨ましいな」

羨ましいという言葉を聞いて千尋は自分の話があゆみを傷つけていたのではないかと感じた。これまでずっと独身でいるあゆみの気持ちは千尋には分からない。確かに結婚して家庭をもっているだけでも幸せなのかもしれない。そうだとしても、しんどいことも多い。今でも千尋は、独身だったらどんなに楽だろうと思うことがある。

「結婚なんて思ったよりいいものじゃないわよ。私からしたらあゆみのことが羨ましくなるわ。結局はないものねだりなのかもしれないな」

とは言いながらも、昔に戻れたとしてもおそらく自分は結婚を選ぶだろうと思った。再度、あゆみに問いかけた。

「で、あゆみは、何か変わったことあった？」

「ううん。相変わらずよ」

「そう。じゃあ、もう少し愚痴でも聞いてもらおうかしら」

「もちろん！」

「私、思ったのよ。どこかで少し自分を喜ばせてあげていいんじゃないかって。このお店しか外食なんてしてないし、高い物は買えないけれど。あゆみとこうやって、お喋りして息抜きしていいんじゃないかって」

あゆみは黙って頷いた。

メイン料理を食べ終わったタイミングを見計らって、今度は店員が皿を下げに来た。そして二人に訊ねた。

「デザートをお持ちします。お飲み物は珈琲か紅茶かハーブティーがあります。どれにされますか？」

「珈琲をブラックで」

千尋とあゆみの声が揃った。お互いの目が合うと二人は笑い出した。

あとがき

第一話の康太の設定は境界知能である。境界知能とはＩＱ（平均１００）でいうと70〜84であり、ＩＱ69以下は知的障害とされる。境界知能は統計上、人口の約十四パーセントいて、三十五人のクラスであれば五人ほどいる確率だ。実際の精神年齢は、平均的な同級生の約七〜八割とされ、康太は小学四年生なので七〜八歳の精神年齢、つまり小学一〜二年生レベルとなる。小学四年生の中に小学一〜二年の子が交じっていたら授業にはついていけないし、友だちとの会話にもなかなか入っていけない。康太はそういったしんどさをもっているのだ。千尋は塾のクラス分けテストの結果や学級担任の話から、康太に何らかの障害があるのではと不安を感じ始める。

実際、境界知能はかつて境界線精神遅滞と定義されていた時代があった（ＷＨＯの国際疾病分類ＩＣＤ-８：１９６５〜１９７４年）。今でいう知的障害である。つまり境界知能は知的障害並みにしんどさを抱えているのである。千尋が障害を疑っても不思議ではない。いっぽうで境界知能は気づかれにくい。普通に生活している分には他の子と違いはないし、好きなゲームは得意だったりする。でも次第に勉強についていけなくなり、塾に行かせたり家庭教師をつけたりしてもなかなか伸びない。そういったことで分かってくることもある。康太の場合も〝やればできる〟といったことが通用しないので、次第に周囲の期待からも逸《そ》れてくる。姑のプレッシャーもあり千尋は悩み始めるが、一番つらいのは康太である。望川親子との出会いで少しずつ千尋にも変化が生じ始める。受容には時間が必要なのだ。

第2話の美羽は本文にも書かれる通り注意欠如・多動症（ＡＤＨＤ）という発達障害である。発達障害には他にも自閉スペクトラム症（ＡＳＤ）、限局性学習症（ＳＬＤ）、発達性協調運動症（ＤＣＤ）などがある。ＡＤＨＤは不注意および／または多動性・衝動性が特徴であるが、美羽の場合、落ち着きのなさから不注意と多動性の両方があるタイプである。ＩＱは92であるので知的には問題はないのであるが、不注意からどうしても学業不振につながることもある。何より母・裕子が美羽に振り回されて疲弊してしまっている。そこで声を荒らげて叱り続けていると近所から虐待を疑われることもあるのだ。実際、被虐待児の中には発達障害児も少なくない。独特の特性から育てにくく虐待に至るケースはよく見聞きする。ただ適切な保護者支援でそういった事態を回避できる可能性もある。本書では児童相談所の賀川医師との出会いで、望川親子は好転していく。

第3話の湊は自閉スペクトラム症（ＡＳＤ）を想定した。ＡＳＤは対人関係のしんどさやこだわり、感覚過敏などがみられ、社会生活に支障を来たす。学校であれば同級生とのトラブルや、たとえＩＱが低くなくても認知特性の凸凹から学業不振につながることもある。ただ何かの能力に秀でることもあり、そうした場合、気づかれにくいことや我が子の障害をなかなか受け入れられない保護者も多い。しかし、これもしんどいのは本人で、小学生で高学年ともなると同級生との会話にズレも生じ始め、友だちができにくかったり、虐《いじ》め被害に遭ったりすることもある。中学生になり思春期に入ると問題はより深刻化していく。周囲の支援が上手くいかず非行化していったケースを私は数多く見てきた。香織も児童相談所で同じようなケースを見るにつけ、まだ小学三年生の湊の将来にも同様の不安を重ねてしまい、仕事を辞めて、今、できることをしてあげたいと思ったのであろう。介入は早期であるに越したことはない。たとえこれから学校での失敗が続くとしても湊の自尊心を保てるような支援は可能なのだ。

いずれのケースも、私がこれまで病院外来や市の発達相談などで出会ってきた親子たちの物語がベースになっている。子どもの発達のことを心配するのは親としては当然のことであるが、障害の受け取り方は様々である。泣き出す親、淡々としている親、怒り出す親。きっとそれまでの家族のあり方や状況が関係しているのだろう。でもこれから子どもと向き合っていかねばならない。個々に方法は異なるであろうが、共通しているのは親が子どもにとって安心の土台と伴走者となることなのだ。そのためにはまず親の心の安定が大切である。しかしそれもなかなか難しい。本書ではそういった保護者の葛藤を扱ってみた。同じような立場の保護者の方に少しでも共感いただければ幸いである。

なお、Ｐ町のＰには次の三つの意味をもたせてある。Ｐ：Parents（親たち）、Ｐ：ＰＤＤ（Pervasive Developmental Disorders）（広汎性発達障害〈現在の自閉スペクトラム症〉の略称）、Ｐ：Possibility（可能性）。発達に課題のある子どもたちを抱える親たち、そして子どもたち。みんな可能性を信じて前に進みたい。それができる町をイメージした。

光文社文庫

文庫書下ろし

P《ピー》町《まち》の親子《おやこ》たち

著者　宮《みや》口《ぐち》幸《こう》治《じ》

2025年3月20日　初版1刷発行

発行者　三宅貴久
印刷　萩原印刷
製本　ナショナル製本

発行所　株式会社　光文社
〒112-8011　東京都文京区音羽1-16-6
電話（03）5395-8147　編集部
8116　書籍販売部
8125　制作部

落丁本・乱丁本は制作部にご連絡くだされば、お取替えいたします。
ISBN978-4-334-10574-7　Printed in Japan

組版　萩原印刷